至《し》福《ふく》の庭《にわ》

～ラヴ・アゲイン～

JN227283

六《ろく》青《せい》みつみ

ILLUSTRATION
樋口《ひぐち》ゆうり

CONTENTS

至福の庭 ～ラヴ・アゲイン～

至福の庭

ふりそそぐ人工の雨が、真夏の陽《ひ》を弾《はじ》いて白くきらめいている。ホース先端のノズルモードを放水から散水に切り替えると、青空に小さな虹がかかった。

佳人《よしと》は麦わら帽の広いつばを指先でちょんと浮かせ、水滴越しの夏空をあおぎ見て陽射しの眩《まぶ》しさに軽く目を細めた。

ふっと微笑《ほほえ》んでから視線を戻すと、晴天続きで生気をなくしたロベリアと初雪草《はつゆきそう》の葉が、細かい水粒を浴びてパラパラと軽い音を立てながら嬉《うれ》しそうに踊っている。

風に流された霧《きり》のような水滴が、火照《ほて》った腕や頬《ほお》にかかる。その涼やかさに佳人はうっとりと目を閉じた。

水と土の匂い。佳人が何年もかけて育ててきた庭の樹木たちが発する旺盛《おうせい》な緑の吐息《といき》。今を盛りと咲きほこる花の香りと蟬時雨《せみしぐれ》。

ここにいれば誰も佳人を傷つけない。

佳人が誰かを不快にさせる心配もない。

ここは、すべての苦しみが消える場所。

人見知りが激しく、対人恐怖症を患《わずら》う佳人にとって、この小さな庭は大切な聖域で――安全な場所のはずだった。

‡

「こんにちは。鈴木《すずき》先生はご在宅ですか」

背後からかけられた声に、佳人は心底びっくりして、もう少しで手にした散水ホースを放り出すところだった。

「表でドアフォンを鳴らしたんですが、返事がなかったので…」

低くてよく通る落ち着いた声に、おそるおそるふり返ると、腰のあたりまで生い茂ったコスモスの葉の向こうに、長身の男が立っていた。繊細《せんさい》な緑色のレースのような葉の中、真夏の陽射しに融け合うようなベージュのスーツとオフホワイトの中折れ帽が、嘘《うそ》みたいによく似合っている。

ファッション誌のグラビアみたいだ。

そう思った瞬間、佳人の胸の奥から手足の先端に向かって刺激が広がった。勢い良くそそがれた炭酸水の泡沫《ほうまつ》があふれるような感覚。

「失礼…」

男はわずかに首を傾け、静かに帽子を脱いだ。石のように固まってしまった佳人のおびえを察したのか、長い右腕がことさらゆっくりと動き、手にした中折れ帽を胸元に運ぶ。

オフホワイトの残像が目に残る、映画のワンシーンのように不思議で印象的なしぐさ。

「失礼。佳人……さん？」

探るような、何かを問うような。そしてわずかにすがるような声だった。

見知らぬ男に自分の名前を呼ばれたことで、佳人のおびえに混乱が加わる。

「ど…なた、ですか…?」

ひりつく喉《のど》からかすれ声をしぼり出しながら、佳人の足は自然に後ずさっていた。ホースのノズルモードをいったんオフにして、胸元に引き寄せる。もしも男が迫ってきたら、最高水圧で放水してやるつもりだ。

身なりもよく、礼儀正しく挨拶《あいさつ》をしてきた人物に対して、そこまで警戒する自分をどこかで笑っているもうひとりの自分がいる。

自意識過剰《かじょう》。

わかっている。でも怖いのだから仕方ない。

「誰…? なんの…用ですか?」

佳人の問いに、男はなぜかうちのめされたような表情を見せた。

それから小さく息をついて、

「お兄さんの鈴木先生に、カウンセリングをお願いしていた藤堂《とうどう》という者です。二時で予約していたはずですが、留守のようなので」

困惑《こんわく》した様子で両手を広げてみせた。悪意も敵意もないというジェスチャーである。

それでも佳人の警戒が解けないと知ると、無断で庭に立ち入ったことを素直に詫《わ》びた。

「驚かせて申し訳ない」

無国籍美形俳優としてハリウッドでも通用しそうな容貌《ようぼう》と形のいい頭が下がると同時に、うっすらと汗のにじみ始めた額《ひたい》に、きっちり整えられていた前髪がひと筋こぼれ落ちた。

顔を上げた男の目元にかすかな影ができる。

乱れた前髪を指先でごく自然に梳《す》き上げるしぐさに、佳人の胸の奥が再びざわめく。

伏せられていた男のまぶたがゆっくり開いて、意志の強さを示す黒い瞳が現れた。その視線に射抜《いぬ》かれた瞬間。

一目惚《ひとめぼ》れ。

——いやだな。まずいな。

頭の中で危険を告《つ》げる警告灯が明滅する。

佳人が自分の性癖《せいへき》をおぼろげながらも自覚したのは中学一年の夏。もう十三年も前だ。

世の中の大半の男女が異性を好きになるように、佳人は同性を好きになった。

それが異常でも病気でもなく、人間以外の自然界にもごくありふれて存在する現象であることを、佳人は心理学を学んでいた兄のおかげで早い段階に理解することができた。

同時に、佳人自身は理解できても、世間が理解してくれるわけではないということも。

「あ、兄は出かけています。面談の…予約時間を確認しますから…こちらへ、どうぞ」

痛いくらいに脈打つ心臓を手のひらで押さえながら、佳人はそろりそろりと男のわきを通り抜け、自分のテリトリーから侵入者を連れ出した。

佳人が住んでいるのは数年前兄が購入した横浜《よこはま》の一軒家《いっけんや》で、ゆるやかな丘陵地《きゅうりょうち》の天辺《てっぺん》に建っており、眺めと風通しがいい。

横浜市といえば港や中華街といった賑《にぎ》やかな繁華街が真っ先に思い浮かぶが、少し内陸部に入ると起伏《きふく》に富んだ野山が広がっている。「ヨコハマ」というイメージからはほど遠い豊かな緑地も、二十数年前から開発が進められ、今では多くの住宅地が広がっている。

佳人の兄は三年前、企業のメンタルヘルスを担当していた経験を活《い》かしカウンセラーとして開業した。開業したといっても、週の半分は専属の療法士《りょうほうし》がいない企業や団体に出向き、相談員として働きながら臨床《りんしょう》経験を積んでいる。研修にも頻繁《ひんぱん》に出かけて常に新しい情報に触れ、同業者とのネットワークも密に保《たも》つよう努めている。

週の半分は自宅の一室を利用してカウンセリングを行っているが、訪れるクライアントはやはり会社員が多い。たぶん、佳人の前に突然現れたこの男性もそうだろう。

兄の仕事の性質上、クライアントが訪ねてくる入り口と家人の入り口は別々にしてある。

何らかの悩みを抱えた相談者は南の坂道を登ってくると、そのまま正面の小さな門を開けて二メートル足らずの小道を進み、玄関のドアフォンを押すことになる。

門から玄関までの小道の両側には、目隠し用に葉の多い常緑樹を植えてある。

佳人の聖域である西の庭へと続くかすかなアプローチを見つけるには、植え込みの足下をよく探ら

弟の沈黙の意味を察したのだろう、受話器からこぼれる兄の声は、聞く者を安心させるやさしさと

「無理はしなくていい。ダメそうなら藤堂くんと電話を代わってもらって。僕から説明するから」

喉元まで出かかった弱音を寸前で飲み込む。

知らない人の相手なんてできない。

「……」

防音の効いた兄の書斎《しょさい》で声をひそめ、救いを求めてかけた電話の答えに、佳人は固まってしまった。

三十分くらいで着くけど…。それまで、佳人、相手できるか？』

『面談は三時からだよ。たぶん藤堂くんがまちがえたんだな。今、宮前《みやまえ》を通過したところだからあと

ングで視線を逸《そ》らすと、逃《のが》れるようにそそくさと部屋を出た。

抑揚《よくよう》の少ない口調で答えた。その瞳が怖くて不安になり、佳人は失礼にならないぎりぎりのタイミ

「——…藤堂大司《たいし》」

男は再び、探るようなすがるような不思議な瞳で佳人を見つめたあと、

「お名前をもう一度、フルネームでお願いします」

は事務的に訊《たず》ねた。

小道を引き返し玄関の錠《じょう》を外し、毛足の長い絨毯《じゅうたん》を敷いたカウンセリング室に案内してから、佳人

なければならない。

思いやりにあふれている。決して佳人を追い詰めたりしない、忍耐力と誠実さ。

「――…やってみる」

当人の勘違いとはいえ、何らかの問題があってカウンセリングを受けにきたクライアントを、三十分以上もほったらかしにして不快な思いをさせてしまえば、次回の面談を断られる可能性がある。面談場所で起きたささいな出来事がしこりになって、足が遠のくことは充分考えられる。傍《はた》から見れば小さなことでも、当人にとっては大きな障害になり得るのだ。

佳人自身がそうであるように。

開業カウンセラーとしてはまだ駆け出しの部類に入る兄の、評判を落とすような真似《まね》はしたくない。

「だけど、…なるべく早く帰ってきて」

最後にやっぱり甘えが出る。

わかったとほがらかに答えた兄の声は携帯のせいか、ほんの少しだけ歪《ひず》んでいた。

受話器を戻して、佳人は覚悟を決めた。

カウンセリング室の隣にある四畳《じょう》ほどの書斎から出てキッチンに向かう。ケトルに少量のミネラルウォーターを入れ火にかけてから、今度は二階に駆け上がり、着替えを手にして駆けおりる。それからバスルームに飛び込み、何時間も庭仕事をしていたせいで汗ばんだ身体を濡れタオルで手早く拭《ふ》いて着替えを済ませ、鏡をのぞき込んだ。

庭木の世話を毎日しているわりに、あまり陽に焼けない肌。シルクニットの薄い生地がすとんと直線的な線を描く、メリハリのない身体。V字の襟《えり》ぐりがもう少し深ければ、あばらの浮いた情けない胸が見えてしまう。

『佳人さんはクレマチスのようですね。しなやかで品があって、どこか神秘的』とは、出入りのプランツ業者の評だ。

対人恐怖症のせいで、自分が浮世離れした雰囲気《ふんいき》を持っているという自覚はある。実際はぼんやりしているだけだが、それを神秘的と拡大解釈しても許されるなら、業者の評は合っているのかもしれない。

鏡に映る、男性的な力強さとは対極にある自分の姿を見つめて、溜息《ためいき》をついた。

帽子を脱いだばかりでくしゃくしゃだった髪は、一度クシを入れただけでさらりと整う。長めの前髪をサイドに流す指先が緊張で少しだけ震えている。

見ず知らずの人間…という以上に、藤堂というあの男が怖かった。

一七〇そこそこの佳人が見上げるほどの長身。スーツを肩で着こなすスタイルの良さ。立ち居ふる舞いのはしばしに現れる余裕《よゆう》と、落ち着き。

そうしたすべてに胸の高鳴りを覚え、同時にそれをうち消す強い恐怖も感じてしまう。

「しっかりしろ。兄さんのためなんだから」

三十分の辛抱《しんぼう》だ。そう自分に言い聞かせて佳人はバスルームを出た。

アイスのハーブティをトレイに載《の》せてカウンセリング室に戻ると、藤堂は戸口のわきに立ったまま、ゆったりと窓の外を眺めていた。

「あ…、座っていてくださってよかったのに」

あれこれ準備をする前に、先にくつろいでもらうことを怠《おこた》った自分の失態《しったい》に、佳人はあわてて席を勧めた。

「無断で座るのも気が引けたので」

男はやわらかく微笑んで、佳人の勧めに従いソファに腰をおろした。長身であるにもかかわらず、驚くほど物腰がやわらかい。

「気が利かなくてすみません…。あの、お茶をどうぞ。部屋の温度はどうですか？　気になるようなら言ってください」

「ありがとう、いただきます。室温はちょうどいいですよ」

男らしい外見や力強い印象とは裏腹に、藤堂の受け答えは限りなくおだやかだ。

年齢は佳人よりも二、三歳上に見える。

外では明るいベージュ一色に見えたスーツは、よく見ると細いピンクのストライプが入っていて全体的にとてもやわらかな印象を醸《かも》し出している。ネクタイはミディアムグレイ。へたな人間が身に着けると、ぼんやり散漫になりかねない色味を、アイスブルーのシャツがうまく引きしめていた。

すっきりと切りそろえられた黒髪や、陽に焼けた肌色、袖口からちらりとのぞく手首の力強さが、藤堂という男の内にひそむ野生の獣《けもの》のような存在感を主張している。

動物にたとえるなら黒豹《くろひょう》。

しなやかで魅力的で、危険。

でも、この黒豹はとても躾《しつけ》が行きとどいている。佳人が着席をうながすまで立ち尽くしている従順さを持ち、礼儀正しい。そのことに少しだけ勇気を得て、

「あの…兄に確認したら、予約は三時だと…」

おそるおそる申し出ると、藤堂はわずかに目を見開き、すぐさま胸元からＰＤＡを取り出した。手のひらサイズの電子手帳をよどみなく操作してから、藤堂は少しだけ肩を落とし頭を下げた。

「すみません。こちらの勘違いでした」

「あ…いえ、いいんです。ただ、兄が戻るまで待っていただくことになりますが」

「もちろんです。どうぞ、佳人…さんも座ってください」

立ちっぱなしの佳人を気遣《きづか》う藤堂に名前を呼ばれたとたん、再び得体の知れない恐れが這《は》いのぼった。

「あの、どうして僕の名前を…知っているんですか」

相手が兄のクライアントであることを一瞬忘れて、思わず空《から》になったトレイを胸元へ引き寄せながら、警戒も露《あらわ》に訊ねてしまう。

「鈴木先生、…お兄さんから何度か伺《うかが》っているんです」

藤堂はそう言ってわずかにまぶたを伏せた。眼窩《がんか》に差した薄い影になぜか落胆の色が混じっている。

――なんだろう。さっきから彼がときどき見せるこの反応は。

「鈴木先生はよく弟自慢をするんですよ。『自分にはない細やかさがあって、クライアントに合わせたハーブやアロマオイルの調合が得意だ』って」

「……」

「このお茶も佳人さんがブレンドしたんでしょう？　とても爽やかな香りがする」

身を固くして立ち尽くす佳人にグラスを掲《かか》げてみせ、まるで清涼飲料水のＣＭタレントのように美味《おい》しそうに飲んでから、藤堂はもう一度佳人に座るよう勧めた。

衣服やしぐさに現れるおだやかさ。佳人の過剰《かじょう》な警戒心に、欠片《かけら》も不快を表さない度量の広さ。向けられる笑顔の魅力。

何よりも、ひと目見たときから胸の深い場所に生まれた抗《あらが》いがたい感情に突き動かされて、佳人はおずおずと腰をおろしたのだった。

カウンセリング室は八畳ほどの広さで、クリーム系の淡い色調で統一されている。西側の大きな出窓は特注品で、普段《ふだん》はクリアモード、面談時には微弱な電流を流して磨《す》りガラスに変化させ、外界とは遮断《しゃだん》された空間を演出するのに役立っている。他にも厚いカーテンを引いて照明を暖色系にしたり、自然光を採り入れたり。クライアントの精神状態や相談内容によって室内環境を整える。

壁の色や毛足の長い絨毯《じゅうたん》の種類、家具の配置など、居心地がいいように最大限の配慮がなされているはずの室内で、佳人はどうしようもない座りの悪さを感じていた。

相手をしてくれと頼まれても、何を話せばいいのかわからない。

二十代後半の男性が好む話題——。

趣味は何ですかと聞くのも妙《みょう》な気がする。仕事は何を？　でも、兄のカウンセリングを受けにきたということは仕事絡みの悩みかもしれない。不用意に質問するのは危険だ。

好きな音楽、本、映画。テレビドラマの話題、最近あった面白い話。

どう切り出すのが自然だろう。

……あと残り二十五分。兄さん、早く帰ってきて。

「その、サマーニット。とてもよく似合っているね」

ソファに浅く腰かけて無意識に窓の外へ救いを求めていた佳人は、突然の指摘に視線を戻した。男の言葉の意味を理解するまでに瞬《まばた》きを何度かしてしまう。

「え…、これは」

「色も材質もいい。佳人さんの肌色にとてもなじんでいる」

「…兄が選んでくれるんです。僕はあまり…というか全然センスがないので」

「そう？　髪型とかすごくいい感じだけど」

「……これも、美容師さん任せだから」

会話の内容がなんだか変だぞ。という自覚はあった。目の前でグラスを手に微笑んでみせる男の言葉は、まるで女性を口説《くど》くときのようだ…と。

ちくん、と胸の奥が痛む。

なんだろう。

素早く自分の反応を分析してみる。結論はすぐに出た。『勘違いするな』だ。

顔もスタイルも良くて、たぶん仕事もできそうな藤堂という男が初対面の同性を口説く可能性は、……たぶん砂漠に花が咲くよりも低い確率に違いない。種のままいくら待っても恋という名の恵みの雨がふることはきっとない。

「あの庭の世話は佳人さんが？」

「そう…です」

「コスモスとクレマチスは僕も好きですよ。上手に咲かせてますね」

「ありがとう、…ございます」

「部屋でアジアンタムを育ててるんだけどすぐ枯れてしまうんだ。何かいい方法を教えてもらえる？」

「ラディアヌム？　シーマニー？」

「ラディアヌム…だったかな」

気の利いた受け答えのできない佳人を相手に、藤堂はさりげなく話題を提供し続けた。

どちらが客かわからない状態だ。

「ええと、ラディアヌムが枯れる最大の原因は、水やりの間隔《かんかく》と量で…」

男の質問にぽつりぽつりと返す佳人の受け答えは、なんとも面白味に欠けている……と思う。それなのに藤堂は忍耐強く相づちを打ち、佳人の言葉がとぎれがちになると、今度は肥料の種類や培養土《ばいようど》の銘柄《めいがら》などを聞いてくる。明らかに佳人の趣味に合わせてくれているのだ。

もっと何か藤堂が喜ぶような、興味を持って盛り上がるような…、佳人と喋《しゃべ》っていて楽しいと思ってもらえる話題はないだろうか。「ヒスピドゥルムは元々熱帯アジア周辺産なので土壌のpH《ペーハー》が合わなかったりするんですが、土は何を使っていますか。市販の腐葉土《ふようど》？ あ、でも難しく考えなくても…」焦《あせ》れば焦るほど、ばかみたいに口の中が干上《ひあ》がり、そわそわと落ち着かなくなる。これ以上、目の前の男につまらない人間だと思われる前に逃げ出したい。

佳人は途方《とほう》に暮れて兄の帰宅を待ちわびた。

やがて、東のガレージに車の停まる気配がして、玄関の開け閉めの音が続き、

「ただいま佳人。いらっしゃい、藤堂くん」

開け放したままのドアから顔を出した兄のほがらかな声を聞いたとたん、佳人は心底ほっとして、そそくさと立ち上がった。

兄の圭吾《けいご》は佳人より十歳年長で、今年三十六。身長は弟とほぼ同じだが、身体つきはもう少しがっしりしている。真顔になっても消えない目尻の笑いジワが、ひとのよさを物語っている。

兄の笑顔と「よく頑張ったな」のうなずきを見たとたん、強張《こわば》っていた肩から力が抜けた。

藤堂に会釈《えしゃく》して部屋を出たものの、なぜか後ろ髪を引かれる思いがして、兄の肩越しにちらりとふり返ってみる。

その瞬間、彼の強い視線とかち合った。

「……っ」

深く何かを訴えるその瞳の色に、心臓を射抜かれた気がした。

その夜、夢を見た。なつかしい夢だ。

誰かにずっと恋している。

卒業式の告白。あっけない承諾《しょうだく》。

そして、……焦燥感《しょうそう》。

――つき合うって、具体的にどうして欲しいの。

聞かれてキスをねだった。そこから先、彼の行為は興味本位と若気の至り。その好奇心を、自分への恋心だと勘違いしたのは佳人も若かったせい。

結局、彼と寝たのは一度だけ。「好き」と言ってもらったことはなかったっけ…。

目が覚めると、内容は覚えていないのに、なぜか胸が痛かった。

夢の余韻《よいん》はいつしか、昨日の男の姿へと変化していた。交わした会話を思い出し、居ても立ってもいられない焦燥感につかまる。

――名前と兄さんのクライアントということしか知らない。あの眼。前髪をかき上げる長い指先。

低いのに張りのある声。

またくるのだろうか。逢《あ》えるのだろうか。

僕のことを、どう思っただろうか…。

佳人はぼんやりしたまま一階へおり、いつものように朝食の支度を始めた。白木造りの小さなダイニングに射し込む朝日の眩しさに、今日も暑くなりそうだと目を細める。

サーモンとホタテのマリネ風サラダに、兄の圭吾が好きなひよこ豆のスープ、ガーリックトーストと目玉焼きを手早く仕上げたところで、圭吾が起きてきた。おはようと、朝の挨拶《あいさつ》を交わしながら、圭吾はごく自然に朝食の盛りつけを手伝い、ふたりは同時に席に着いた。

「昨日は」

「昨日の…」

同時に口を開いて佳人は口ごもり、兄は弟に先をうながした。

昨日は圭吾の仕事が立て込んでいたのと、気疲れした佳人が早く寝てしまったせいで、ゆっくり話をする機会がなかったのだ。

「昨日の…藤堂って人、またくる?」

緊張のせいで震える指先をごまかすために、フォークでサラダをかき混ぜる。

「そうだね。昨日のセッションで二、三回様子を見ようということになったから。藤堂くんは佳人と話せて楽しかったと言ってたけど、佳人はどうだった?」

「どう…って」

「会話が成り立ったってことは、克服《こくふく》してきてる証《あかし》だろ。藤堂くんみたいなタイプはずっと苦手だったじゃないか。ふたりきりにさせるのは少しヒヤヒヤしたけど、結果的に良かったのかな」

兄がこんなふうに気遣ってくれるのは、佳人が抱えるふたつの恐怖症のせいだ。

「対人と外出」恐怖症。

佳人は今の自分が他の人々よりも過敏になっていることを自覚している。見知らぬ人、特に佳人よりも大柄で精力的な男性を見ると、不快感に襲われ強い恐怖心が湧き上がる。

そのせいでここ数年、ひとりで外出したことがない。出入りのプランツ業者とは、普通に話ができるまで半年以上かかった。

兄の紹介で、信頼できる心理療法士《りょうほうし》と二カ月に一度のペースで面談を続けているけれど、まだ根本的な解決には至っていない。

療法士も兄も、問題の核がとても堅固《けんご》な殻《から》のようなものに覆《おお》われていると指摘する。

佳人自身もそれは自覚している。けれど自分ではその殻をどうやって割ったらいいのかわからない。殻のイメージは黒蝶貝《くろちょうがい》のようにつるつるして様々な色味を帯びている。少しひんやりとしてどこにもとぎれ目はなく、永遠に何かを封じておける頑《かたく》なさを持ちながら、それは佳人に警告を発している。

触るな、近づくな。詮索《せんさく》するな。

そっとしておけばいい。知らずにいても構わないことが、人生にはあるのだと。

佳人の内なるメッセージを、兄は認めてくれている。だから決して無理強《むりじ》いはしない。

「藤堂くんのこと、どう感じた？」

だから兄のその質問を、佳人は仕事に関することだと受け取った。

兄の圭吾は、元々企業のメンタルヘルス担当として、転職や会社組織内での配置転換などによって受ける、社員のストレスや精神的負担についてカウンセリングを行っていた。開業してからもそうした会社員からの相談が多い。

カウンセリングと言っても様々な分野と技法がある。圭吾は特に来談者中心のカウンセリングを心がけている。基本はクライアントの話を真剣に誠心誠意よく聞くこと。

一見、誰にでもできそうな方法ではあるが、相談者が本当に話したいことを言い出せるようになるには、カウンセラーとの間に絶対的ともいえる信頼関係が必要になる。

佳人の仕事は、その兄のアシスタントということになっている。

兄からクライアントの様子を聞き、それぞれの悩みや希望に合わせたアロマオイルをブレンドし、次の面談時にセッティングする。香りだけでなく室内のカラーや、草花を使った視覚的なコーディネイトも任されている。

アシスタントを始めたのは、対人恐怖症で外出できないため独学で勉強していた佳人の知識を、兄が自分の仕事に取り入れたのがきっかけだった。

家にこもりがちな佳人は、庭いじりからハーブやワイルドフラワーに興味を持つようになった。最初は自分用にあれこれ試してみるだけだったが、人の精神に作用する様々な効用について勉強するうちに、いくつか資格を取得《しゅとく》するようになった。

とはいえ、社会的に認知されている協会の資格を取得している兄と違って、今のところ佳人が持っている資格は実技経験がなくても知識さえあれば発行されるものだけ。いわばペーパードライバーのようなものである。

本当は兄のように多くの経験を積んで、セラピストとして独立したいという夢が佳人にはある。それにはまず何よりも、恐怖症を克服する必要があるのだが、なかなか思うようにいかない。せめて兄を通して誰かの役に立てるように…と、庭で育てた草花を上手にアレンジして小さな寄せ植えを作り、カウンセリング室に置いたりしている。それらは女性にはもちろん、男性にも意外と人気があって、面談のあと鉢《はち》を欲しがる人もいる。そうした申し出には快《こころよ》く応じている。

クライアントに関する情報は、カウンセラーの守秘《しゅひ》義務に抵触《ていしょく》しない範囲内になるので、佳人が知り得ることはあまり多くはない。

それでも、性別や年齢、おおまかな悩みの傾向程度という少ない情報を元に、兄も驚くほど的確な調合ができるのは一種の感応力《かんのうりょく》に近い…らしい。

藤堂という男性のことは直接会って話をした分、いつもより情報量は多い。けれど…。

「何か心配ごとがあるな…とは感じたけど、まだよくわからない」

「いや、そっちじゃなくて、佳人がどう感じたか。不快感とか、もう二度と逢いたくないとか、そういうこと」

「——昨日のあれで会話が成り立っていたかどうか怪しいけど、藤堂さんが楽しかったと言ってくれたのは嬉しい…と、思うよ」

兄には自分の感覚を正直に告《つ》げた。

「だけど怖いと思う気持ちも、これまでで一番強いかも」

圭吾は何も言わず、静かにうなずいた。

次に藤堂が佳人の前に現れたのは予定通り二週間後だった。ただし、またしても予約時間より三十分も早かった。

「こんにちは。暑いのに頑張るね」

蔓薔薇《つるばら》を絡ませたトレリス越しに声をかけられて、佳人は今度こそ持っていた寄せ植え用の鉢を取り落とした。

「ああ…!」

「ごめん、驚かせた?」

「はい、あ、…いえ」

鈍い音を立てて足下に転がったテラコッタの無事を確かめながら、ゆっくりと近づいてくる藤堂の気配に細心《さいしん》の注意を払う。

藤堂がなぜ自分に興味を持つのかわからない。わざわざ声をかけてくる理由も。

「予約の時間より早めに着いてしまって、君がいるかな…と思ったんだ。迷惑だった？」

それ以上近づかれたら理屈抜きで逃げ出す。そのぎりぎり寸前で藤堂は足を止め、そのまま行儀《ぎょうぎ》良く佳人の返事を待っている。

「いいえ…、でも」

観念して立ち上がり、カーゴパンツについた泥よごれを払い落としてから視線を上げると、長身の男はにこりと微笑んでみせた。

たまらなく魅力的な笑顔。

彼が営業職であることは兄から聞いている。

今日は黒に近いブルーグレイのタイトスーツ。ブルーのストライプシャツに深緑のレジメンタルタイ。人に見られることを意識した清潔感のある着こなしが、午後のとろりとした陽射しと緑の中で、くっきりとした輪郭《りんかく》と強烈な存在感を放っていた。

これでサングラスをかけて黒い革手袋とかしたら凶悪的にカッコイイだろうなぁ…。などと、つい埒《らち》もない想像をしてしまう。

「どうしたの」

「――背が、高いなぁと思って」

相手のやわらかな雰囲気に誘われて、つい思ったままが口を出る。

「あはは。でも標準以上だと苦労することも多いよ。スーツはばか高いオーダーになっちゃうし、頭とかよくぶつけるし」

「オーダースーツなんですか。だからすごく似合ってるんですね」

「ほめてくれるの？　嬉しいね」

前回とは較べものにならないなめらかな会話の流れに舞い上がる。つい調子に乗って、

「映画に出てくるカッコイイ悪役みたい」

言ったとたん、藤堂の形のいい眉がへにょりと下がる。あわてて言い直した。

「あ、ほめてるんです」

「惚れてる？」

眉をひょいと上げて悪戯《いたずら》めいた笑顔を浮かべた藤堂の言葉を、佳人はあわてて否定した。

「え…？　ち、ちがう」

冗談のように本心を言い当てられ、足下から糸の束を引き抜かれたみたいに、一気に血の気が引いていく。

わずかに上体を傾け、耳元に顔を近づけようとしていた藤堂から思わず一歩後ずさり、顔の前で手をふりながら、佳人はもう一度否定した。

「ちがう、ちがいます」

本当はちがわないのに。

必死で否定しながら自分が悲しくなった。

初めて藤堂の姿を見た瞬間、胸に生まれた感情を佳人は持てあましている。

あの日、兄が帰ってきて、藤堂の相手から解放されてほっとすると同時に、どうしようもない焦燥感に襲われた。夜になると彼との会話をひとつひとつ思い出し、自分の受け答えのたどたどしさに身《み》悶《もだ》えて眠れなかった。

会話の内容を何度もくり返して思い出し、『ああ答えればよかった、こう言えばよかった。あんなことを言って呆《あき》れられたんじゃないか』と何度も寝返りを打った。

最後には時間を巻き戻し、すべてをなかったことにしたいとまで思い詰めてから、自分の強迫観念《きょうはく》じみた思考の理由に気づく。

——藤堂によく思われたい。

もっと正直になるなら、彼に好かれたい。

安眠に効く精油を調合して、兄に習った入眠儀式をくり返し、ようやく眠りに落ちながら強く願っていた。

もう一度逢いたい…と。

その願いがせっかく叶《かな》ったのに、またしても会話は妙な方向へ流れかけている。

「そんなふうに、めいっぱい否定されると悲しいんだけど」

必死にならなくてもただの冗談なのに…と言われている気がした。鋭い刃物で身を削《そ》がれたような、ひやりとした剥落感《はくらくかん》にかすかに震える。

同時に『否定されて悲しい』と、苦笑とともに告《つ》げられた言葉を深読みしそうになる。

気の利いた受け答えはできなくても、佳人は人の感情には聡《さと》い。それなのに今は藤堂の目的がわからない。彼のなにげないひと言にふり回される。すがりたくなる。

なぜ自分に構うのか。

そのひと言を訊ねた瞬間、得るものと失うものを天秤《てんびん》にかけて、過去どれだけの男女が口をつぐんだだろう。

あいまいな手探りを続け、その答えを見つける過程で恋が成り立つのだろうか。

「すみません…。僕、人と話すのヘタで」

本当に聞きたい言葉の代わりに、言い訳を口にする。今の佳人には、同性を好きになる自分の性向を正直に告げる勇気も、知られることへの耐性《たいせい》もない。好きだと気づかれて、困った顔で『ごめん、悪いんだけど…』などと言われることを考えただけで、相手のすべてを消してしまうか自分のすべてを消したくなる。

みじめな気持ちで顔を上げると、目の前にスーツが迫っていた。軽く身をのけぞらせたとたん、肘《ひじ》のあたりに手のひらの温もりを感じて、とっさにふり払う。

「あ…――」

「ごめん。触られるの、苦手だった？」

「いえ、…はい。そうかも……」

「俺が無神経だった。許してくれる？」

一人称が俺に変わっている。それが親近感を表すためなのかそれとも単になれなれしいだけなのか。

佳人は警戒を示すよう、少し斜めに男を見上げた。

藤堂は押し返された距離を礼儀正しく保ったまま、両手を軽く上げて害意のないことを示している。

そんな姿は本当に、厳格な訓練を施《ほどこ》された軍用犬のようだ。

強い殺傷力《さっしょうりょく》を持ちながら、主人には従順《じゅうじゅん》。

しなやかな肉食獣のような男を、言葉ひとつで従わせている錯覚に陥《おちい》りかけて、佳人はゆるく頭をふってからささやいた。

「…僕の方こそ、ごめんなさい」

「じゃあ仲直り」

佳人がこくりとうなずくと、藤堂はほっとしたように顔をほころばせた。それから腕時計を確認すると、それじゃまたと手を上げてカウンセリング室へ去っていった。

佳人の胸をかき乱したまま。

二度目は偶然でも、三度目は必然。

藤堂はまたしても面談の始まる三十分前にやってきた。その足音を聞き分けて佳人は立ち上がった。

「やあ」と声をかけられ、日没直後の薄紫色した空を背に微笑む男の姿をひと目見た瞬間、佳人の脚は駆け寄りたい誘惑と逃げ出したい衝動にひき裂かれてよろめいた。

「暗くなってきたから、今日はここで君に逢えないかもって、少し焦った」

甘い声でささやかれて、佳人はさすがに、自分に興味と関心が向けられていることを否定するのはやめた。

「…藤堂さん」

たった今作業していた庭木のこと。前回のセッションで佳人がセッティングしたフラワーエッセンスの種類のこと。

たわいない会話を交わしながら、佳人は同性への片思いを自覚したばかりの頃《ころ》をふ…と思い出した。好きになった人と少しずつ親密になっていく緊張感。友人として信頼を勝ち得ていく幸福感と、騙《だま》しているような後ろめたさ。ふわふわとした心許《こころもと》ない感覚に包まれた中学時代。

「——…すごく落ち着く香りだった。今日も佳人さんが選んでくれたのかな？」

はっと我《われ》に返って、何度か瞬きをする。

「え、あ…はい」

唐突《とうとつ》によみがえった過去の断片に胸がざわめいて、足下から不安が這いのぼる。

急に居心地《いごこち》が悪くなって、今すぐこの場から——藤堂の前から消えたくなった。

まるでそれを察したかのように、男の腕がさりげない動きで佳人の退路をふさいだ。銀鼠《ぎんねず》色のスーツの袖口からのぞくシャツの白さが奇妙に目に残る。

それでも互いの間に腕一本分の距離を保《たも》ち、藤堂は佳人の視線に合わせて軽く膝を折り、首を傾《かし》げて顔をのぞき込んできた。

「楽しみだな」

それがあまりにも嬉しそうで、佳人はつい、

「藤堂さんて、どんな…」

悩みで兄のカウンセリングを受けにきているのか——。聞きかけて口ごもる。

表面上、なんの問題もなさそうな人でも、心の中には様々な事柄が渦《うず》巻いている。

「どんな、何?」

「…なんでも、ないです」

初めて会った日からちょうど一カ月。言葉を交わしたのはまだ三回目。私的な事情を告白し合うにはまだ早い。

「君がね、俺のために調合してくれた香りをかいだとき、それがすごく自分の気持ちに寄り添ってきて…たまらない気持ちになった」

「え」

ぐずぐずと自分の気持ちを持てあましている佳人とは対照的に、藤堂ははっきりと宣言した。

「君のことを、もっと知りたいと思った」

——僕だって貴方《あなた》のことを知りたい。

思わず言い返しそうになったとたん、焼けた刃物をつかんでしまったような戦慄《せんりつ》が走る。

だめだ、怖い。

迫る夕闇よりもなお黒い、男の強い瞳に見つめられて佳人は突然逃げ出したくなった。

藤堂という男は最初からずっとやさしいのに、佳人はどうしても、彼が怖くて仕方がないのだった。


「佳人、ちょっといいか?」

バスルームの磨りガラス越しに兄の圭吾が声をかけてきた。手に子機を持っている様子がぼんやりと見える。佳人は浴槽から少しだけ身を乗り出して「なに?」と答えた。

「明日の夜だけど、藤堂くんがお前のアロマセラピーを受けたいって言ってるんだ。本当は僕とセッションの予定だったけど、東京《とうきょう》の研修会が明日に変更されたから」

カウンセリングやメンタルケアといった職業が日本の民間に認知されたのはごく最近で、学問としても歴史が浅い。その上、臨床士《りんしょうし》として活動するのであれば、専門分野だけ勉強すればいいというわけにはいかない。

心の悩みは人の数だけあると言っても過言ではない。国内外で次々と発表される症例や研究レポートを読み、仲間や先輩そしてスーパーバイザーの助言を受け、新しい知識を吸収しながら、カウンセラー自身も勉強し続けなければならない。

東京での研修は圭吾にとって大切な時間だ。

「…無理ならいいぞ。藤堂くんには断るから」

妙にきっぱり言い切る圭吾を少しだけ不思議に思う。佳人を気遣ってくれているにしても、自分のクライアントでもあるのに。

「——……、…やってみる」

「そうか」

圭吾はひと呼吸置いてから子機を持ち上げ、『お待たせ藤堂くん、ＯＫだそうだよ…』言いながら遠ざかっていった。ティートリーの精油を垂《た》らした湯にあごまで浸《つ》かり直し、佳人は立ちのぼる針葉樹の香気に慰《なぐさ》めを求めた。

「ちゃんと、できるかな…」

やっぱりやめる。そう言うのは簡単だけど、それでは何も変わらない。逃げてばかりじゃだめだということだけはわかる。

二週間前の夕暮れ。

青い顔をして黙り込んでしまった佳人を気遣い、藤堂はそれ以上何かを言い募《つの》るようなことはしなかった。所在なさげに両手を広げ、黙って肩をすくめて、面談を受けるため立ち去ってしまった。

せっかくの会話を中途半端《はんぱ》に終わらせてしまったことを、どれほど後悔しただろう。

『君のことをもっと知りたい』

言葉の意味を何通りも考えた。

友達として知りたい。セラピストとして知りたい。カウンセラーの弟として知りたい。

恋人候補として…——知りたい。

どんなに考えても、本当の答えは藤堂しか知らない。藤堂が自分を好きかもしれない可能性と、その理由を数え上げてみる。

僕の顔を見て微笑んでくれた。腕が何度も触れ合った。偶然にしては少し多いと思う。どんなささいなことでもちゃんと返事をしてくれる。目が合う回数が多い…気がする。

——なんてたわいない理由だろう。

すべて「気のせい」で済ませられるものばかり。それなのに佳人は何度もくり返し、これまでのやりとりを思い出しては、彼が自分を好きかもしれない可能性にすがりつく。恋をしている自覚はある。

そして危《あや》うい綱渡りのように、好きと思う気持ちと同じ強さで恐れがある。

今ならまだ引き返せる。

すべての可能性を「気のせい」だとふり捨てて、逃げ出して、二度と彼に会わないでいることもできる。だけど…。

彼との出会いで何かが変わっていく予感がする。佳人自身の「変わりたい」という気持ちも少しずつ強くなっている。

そして翌日。土曜日の夜七時。

「こんばんは。わがままを聞いてくれてありがとう」

きっかり約束の時間通りに現れた藤堂を見上げて、佳人はまたしても見惚れてしまった。

どうしてこんなに格好いいんだろう…。

今夜はスーツではなく、アッシュカラーのジーンズに、色味の近い黒とグレーのボーダーニットというラフな服装だった。素材はたぶんシルクなのだろう、鈍い光沢《こうたく》のある襟ぐりは浅く、左肩にだけ革の切り返しがあって肩章のように見える。

服の中で身体が泳いでしまうような佳人と違って、薄い生地越しに藤堂の引きしまった胸板や逞《たくま》しい肩の形が透《す》けて見えるようだ。

髪も今夜は整髪剤など使っていないせいか、長めの前髪が目尻に少しかかっている。

屋内で藤堂と向き合うのは二度目だった。長身の男がひょいと頭を下げてドアをくぐり、部屋に入ると、決して低くはないはずの天井《てんじょう》が下がったような気がする。

九月も半ばを過ぎて夜は少し冷える。藤堂は薄手のジャケットを腕にかけたまま両手を前にそろえて、行儀良く入り口近くに立っていた。

繋《つな》がれていない黒豹《くろひょう》を室内に招き入れてしまったかのように緊張しながら、佳人は平静を保つよう努めた。

彼は今夜、僕のクライアントなんだから。

深呼吸してからおだやかに話しかける。

「ええと…座って、楽にしてください。それから携帯や時計、その他電子機器関係を持っていたら外してください」

藤堂は勧められるまま素直にソファへ腰をおろし、腕時計を外した。動作がゆったりとして見えるのは脚が長いせいかもしれない。立っているときよりも座ったときのほうが、ふたつ折りになった脚の長さが際立つ。

藤堂が外した腕時計を預かり、銀色の小さなトレイに載せて壁際《かべぎわ》のカウンターに置く。

藤堂の腕に嵌《はま》っているときにはさほど大きく見えなかったのに、佳人が持つとそれはずっしりと重い。龍《りゅう》の背骨のようなメタルのブレス部分が、なにやら艶《なま》めかしい男らしさを醸し出している。

芳香《ほうこう》にクセのないレモンバーベナを選んでお茶を淹れる間に、佳人は奇妙に高鳴る胸を静めて、藤堂の向かいに腰をおろした。

「まず最初に軽い問診《もんしん》から始めますね」

最近の身体の調子、気になる症状、辛《つら》いと感じる部位、仕事のこと、自覚できる精神状態など、いくつかの基本的な質問をしながら、佳人は慎重《しんちょう》に相手の全体像をつかんでいく。

佳人にとってそれは、自分の頭部や胸や指先から繊細で淡い光を放つ触手《しょくしゅ》のようなものを伸ばし、相手をやわやわと探るイメージに近い。質問項目によって相手の反応、色づいた空気の揺らぎのようなものが様々に変化する。

藤堂の答えや訴えの要点を用紙に書き留めながら、受け取る印象を元に、勉強によって蓄積《ちくせき》してきた知識の中から相手が今必要としているエッセンスを選んでいく。

「じゃ、次にマッサージに使うアロマを選びましょう。好きな香りとかあります？」

「…二度目にきたときセッティングされていた、ちょっとグリーン系のあれが好きかな」

「あ、はい。ええと、今夜の藤堂さんの調子だとこのへんとこのへんがいいかな」

佳人は白木の箱にずらりと並んだ数十本の精油瓶《びん》から、まずはトップ用の候補をいくつか取り出してみせた。

ユーカリプタス、クラリセージ、ちょっと甘めにレモンバーム。

コバルトブルーの小さな遮光瓶《しゃこうびん》を開けて、試香《しこう》用ムエットにほんの少しだけ浸《ひた》し、物珍しそうな顔をしている藤堂に手渡す。

「鼻から二十センチくらい離してパタパタってして、第一印象を覚えておいてくださいね」

小さな白い紙片をひらめかせて香りを確かめている藤堂に、二個目三個目を渡して反応を見る。

「一番気持ちいいなって感じたのは？」

「二番目…かな」

「はい、トップはクラリセージですね。じゃ、次はこれとこれをどうぞ」

同じ要領でミドルとラスト・ノート用に精油を決めていく。

ラスト用に差し出したのはフランキンセンスとサンダルウッド、そしてジャスミン。

「うーん…。どれも同じように感じる、かな」

候補にあげたどれもがピンとこないらしい。

「じゃ、左手に瓶を握って、右手の親指と人差し指で軽く輪を作ってみて。ちょっとだけ力を入れて、僕が開こうとしても抵抗したりゆるめたりしないで、ずっと同じ強さで力を入れていてくださいね」

「これって何のテスト」

「オーリングって言うんです。所謂《いわゆる》生体センサーみたいなもので…、はい終わりです」

三つの瓶に触れているとき、それぞれ指で作った環の開き具合によって藤堂の身体が欲《ほっ》している精油を決定する。時間にして一分足らず。コツさえつかめば器具も電気もいらない、すぐれた診断方法である。

「今夜の藤堂さんはフランキンセンスを欲しがっているようなので、これにしましょう」

「……魔法使いみたいだな」

何か小さく口ごもったあと感心したふうに感想を述べる藤堂に、佳人は微笑み返した。

「昔はそう呼ばれていたんでしょうね。でも今は科学的、医学的に効果が実証されてきているから…」

機械や試液で結果が測定できない心の領域は、その分インチキ商売も横行《おうこう》しやすい。

「科学的根拠《こんきょ》」という安全基準しか知らない人間にとって、現代西洋医学以外はいまだに胡散《うさん》臭い気休めレベルの治療法なのかもしれない。

「佳人さんはどうしてこの道を選んだの？」

ニットをめくり上げ腕の内側の薄い皮膚《ひふ》を使って、選んだ精油のパッチテストを行っていると、頭上から藤堂の少しだけためらいを含んだ声が落ちてくる。

その問いに答えるか否《いな》か。佳人は迷った。

学生時代、親しくなった友人に告げると、たいてい冗談だろうと笑われた。……でも、ひとりだけ笑わずに聞いてくれたひともいた。『よっちゃんらしいな。頑張れ』って励ましてくれたっけ。

藤堂の声は、あのときの彼と似ている気がする。純粋な好奇心と真剣な思いやり。佳人の答えを茶化《ちゃか》す気配はない。

勇気を出せ。せっかく自分のことを知ってもらえるチャンスなんだから。

「ええと、陳腐《ちんぷ》な言い方ですけど、人助けがしたいなぁと思うんです。兄の影響というか、たぶん似たもの兄弟なので、奉仕《ほうし》精神というか…」

思い切って言ってみると藤堂はとても真剣な顔でうなずいてくれた。

「昔から困っている人を見ると放っておけなくて。悲しんだり怒ったりしていれば、その理由を知りたかった。理由が判れば解決法もあるんじゃないかって…。でもその前に、僕はまず自分の問題をなんとかしなきゃならないんですけど——」

「問題…？」

気がゆるんでこぼれた本音を聞き返された。

佳人が抱えるふたつの恐怖症のことは、たぶん兄の口から伝わっているだろう。それなのに藤堂はとても真剣な声で「教えて欲しい」と訴えた。

「僕は、人が怖いんです。……正確には腕力のありそうな男の人が」

面と向かってこの話題を口にするのは怖かった。案《あん》の定《じょう》、頭上で藤堂が小さく息を飲む。

男性に対する恐怖感。勘《かん》のいい人間なら、あるひとつの理由を真っ先に思いつくだろう。

「それは…、原因は」

腫《は》れ物《もの》に触れるような問いかけに、力なく首をふる。

二カ月に一度、通っている心理療法士との面談でもこの部分がネックになっている。

たぶん原因は大学時代の事故だとは思うけれど、はっきりとはわからない。多摩《たま》方面の林道で道に迷い、崖《がけ》から滑落《かつらく》して骨折。

病院で目覚めたあと、男性担当医への激しい嫌悪《けんお》感と恐怖で、同性に対して重度の恐れを抱いていることに気づいた。以来ずっと外出もままならない状態が続いている。

「俺のことも、本当は怖い？」

両腕を軽く上げて「何もしない」の態度を示す藤堂に不安そうに訊ねられ、佳人は正直にうなずいた。

「今夜、施術《せじゅつ》を頼んだことは迷惑だった？」

「いいえ」

これには首を横にふる。恐怖症の克服は佳人にとって重要な課題なのだ。

大学では兄と同じ心理学を専攻していた。二年次のとき事故に遭《あ》い、一年半休学したあと結局中退して、別の通信制大学に編入して卒業。その後は兄の助けを借りて勉強を続け、メンタルケア関係の資格を少しずつ取得している。

しかしどれほど知識を詰め込んでも、施術者として独立するには絶対的に実技経験が足りない。人の身体は千差万別で、実際に触れてみなければ学べないことがたくさんある。

恐怖症さえ克服できれば、各種講習を受けたり、尊敬する師のもとで実技を学びながら成長することができるのに。

兄のやさしさに甘え、庇護《ひご》されているばかりでは、いつまでたっても問題解決できない。

今回の藤堂の申し入れを引き受けたのは、そんな焦りもあったからだ。

けれど一番の理由は、『君のことをもっと知りたい』という、藤堂の言葉の真意を確かめたいからだった。

藤堂という男の出現が、自分にとっていい変化をもたらしてくれると信じたい。

佳人は気を取り直し、明るい声で答えた。

「それじゃ、上を脱いで横になってください」

パッチテストの結果を見て、精油に対して拒絶反応がないことを確認すると、簡易《かんい》ベッドに似た施術台へと長身の男を導《みちび》いた。

「下も？」

「いえ、今回は上半身だけです。背中と腕」

ベースオイルに三種類の精油をブレンドしながら、佳人は申し訳ない思いで申告した。

「それから僕の場合、実技経験がすこぶる足りてないので、今夜の藤堂さんは所謂実習の練習台みたいなものになるんです」

だからもちろん施術代金などはいらない。気になることがあれば何でも言ってくれて構わない。そう説明すると、藤堂はなぜか嬉しそうに目を細めた。

「俺でよければ、いつでも練習台になるよ」

手のひらの間で充分温めたマッサージオイルを、佳人は勇気を出して、そっと陽に焼けた広い背中に広げていく。

藤堂の背中はきれいな筋肉に覆われている。オイルをなじませるため、少し強張った肩から腰まで撫でおろすと、手のひらにじわりと熱が伝わった。

熱い。この熱さは自分のせいか、それとも藤堂か。判然としない。

藤堂の肌は男にしては肌理《きめ》が細かく張りがある。他人の、しかもこれまで最も苦手だった大柄な男性の肌に触れているせいか、鼓動《こどう》が乱れがちになる。

――集中しなきゃ。練習台でいいと言ってくれても、きちんとしたい。

ゆっくり息を整え、佳人は懸命《けんめい》に雑念を追い払うよう努めた。室内にはおだやかなクラシック音楽が静かに流れている。

あとはふたり分のかすかな吐息。

指先に伝わってくる皮膚の緊張感、肌の内側に息づく筋肉のひそやかな躍動《やくどう》。佳人の手のひらが愛《あい》撫《ぶ》のようなおだやかさで藤堂の肌をほぐしていくにつれ、男の吐息が深くなる。

「……マッサージって、もっとグイグイ揉《も》んだりするものだって思ってた」

「そういう施術法のセラピストもいますよ。クライアントでそういったのを好むひともいるそうですし。…藤堂さんも、もう少し強い方がいいですか？」

「いや。佳人…さんのやり方で構わないよ」

佳人の名を口にした瞬間、藤堂の奥深い場所で痛みの泡沫が生まれるのを、手のひらに感じた。

なぜだろう…――。

以前から感じていた違和感が湧き上がる。

名を呼び捨ててからあわててさんをつけ足すのは、普段からひとの名を呼び捨てにするクセでもあるのか、それとも……。

佳人の気の揺らぎを察したように、手の下で藤堂の背中がピクリと強張る。

いけない、集中しなきゃ。

乾き始めた場所にオイルを足しながら、肩から二の腕をたどる。肩胛骨《けんこうこつ》に半円を描きながら背骨に沿うよう手のひら全体を使い、エッセンシャルオイルが持つ精妙な自然の恵みが、最大限引き出されるよう努力する。

言葉をどれほど重ねても分かり合えないのに、肌を合わせただけで伝わることがある。

藤堂の胸には、何か強い感情が凝《こご》っている。冷たくて熱い…痛み？　後悔？

これが兄のカウンセリングを受けている理由だろうか。

手のひらに伝わる泡沫のようなイメージを受け止め、ほぐし、代わりに労《いたわ》りを与えながら、佳人は施術者としては失格といえる極私的な欲求を覚えた。

彼の痛みを、そして悩みの理由《わけ》を知りたい。

「どんな感じですか？」

「すごく気持ちいい。ほっとする感じ…」

核心にふれることなく言葉が途切れ、あとは静かに流れ続ける音楽と、かすかな吐息。香りはそろそろミドルからラスト・ノートに移り始めている。

「今夜のお礼として、ドライブに誘ったら迷惑だろうか」

「え…——」

施術を終え、帰り支度を済ませた藤堂を見送るために車庫までついてきた佳人は、その言葉に思わず後ずさった。

「あ、いや。今夜これからじゃなく、日を改めてだけど」

「……でも」

突然の申し出に、なんと答えていいのかわからない。戸惑う佳人の足下で小石が小さくきしんだ。車できている藤堂は、いつもは坂下の駐車場に置いてくるのだが、今夜は圭吾が出かけているため自宅の車庫を使ってもらった。

玄関先の明かりだけでは、男の表情はぼんやりとしか見えない。代わりにメタリックシルバーの車体が、艶めかしい存在感を主張している。

「来週の土曜。恐怖症克服の手助け、という理由ならどう」

ためらう佳人を気遣いながら、無自覚に少しだけ追い詰めている男の身体から、ラスト・ノートのフランキンセンスが甘く漂う。マッサージに使ったオイルはしっかり拭き取ってあるけれど、残り香は自宅に帰り着くまで続くだろう。

「それは…、でも」

「円海山《えんかいざん》あたりまで走って、食事をして帰ってくるだけ。途中でちょっと夜景でも見て。人の多い場所には行かないから」

次回の約束を取りつけようと必死に言い募《つの》る男の言葉に、佳人の気持ちが揺らぐ。

デートという単語がぽこりと浮かび上がり、あわてて否定する。否定する端から期待が顔を出し、感情のいたちごっこが始まる。

――だめだ、勘違いするな。でもじゃあどうして？　僕を誘う理由は？

「君と一緒にいると、すごくほっとできるんだ。だからまた会いたい」

佳人の心の声を察したような藤堂の言葉に、胸が痛いほど高鳴った。あわてて『だめだ、期待するな』ともう一度念を押す。

悩みを理解してもらえた、痛みをほぐしてもらった。そうした理由でクライアントが施術者に感情的傾倒を示すことがよくあると、兄から聞いたことがある。今夜の代金を受け取らなかったことも理由かもしれない。

とても気持ち良かったから半額だけでも施術料を払わせてくれ、という申し出を頑に拒《こば》んだ。たぶん藤堂は何かの形で謝礼がしたいのだろう。

「だめかな？」

「……わかりました」

兄以外の人間とふたりきりで外出するという恐怖に耐えてうなずき、顔を上げると、

「嬉しいよ」

頭ひとつ分上にある男の顔には、安堵《あんど》と喜びの表情が広がっていた。にじむような笑顔を見た瞬間、藤堂の心理的負担を軽くするためなら、自分の恐怖症を我慢するくらいなんでもないと、佳人には思えたのだった。

そして約束の土曜日。

藤堂は時間通り迎えにきた。

今夜の藤堂はスタンドカラーのジャケットで、色は黒に近いディープグレイ。襟元からちらりとのぞくシャツの白さと相まって、学生服を思い起こさせる。

ストイックな色気をまとった藤堂は礼儀正しく兄に挨拶《あいさつ》を済ませ、その横で緊張して固まっている佳人に向かってやさしく微笑んでみせた。

「こんばんは」

「佳人、僕の携帯を持っていきなさい。何かあったらすぐ連絡を入れるんだぞ」

兄の圭吾は、まるで娘の初デートを見送る父親のようにそわそわと落ち着きがない。

「十一時までには戻るように」

これは藤堂に対する要望だ。玄関先で他にも何か細々《こまごま》と注意を与えているようだが、先に外へ出てしまった佳人には聞き取れない。

先週末、東京の研修から戻ってきた兄に、藤堂と出かけることになったと告げると、彼は実に複雑な表情を浮かべた。

心配、戸惑《とまど》い、少しだけ憤《いきどお》り。

『大丈夫なのか?』と問われて、『たぶん…』と答えた。

『藤堂くんといて、平気なのか?』

『怖いけど、怖いんだけど…でも』

恐怖を上回る渇望《かつぼう》がある。

藤堂ともっと一緒にいたい。彼のことをもっと知りたい。誰かに取られる前に、自分のものにしたい——。

もうずっと長い間忘れていた焼けつくような焦燥感。たぶんそれは恋なんだと思う。

「じゃあ、行ってきます」

心配そうに見送る兄に手をふって、佳人はメタリックシルバーの車体に乗り込んだ。

最初の目的地は、藤堂お勧めのレストラン。到着予定時間は七時半。

「ちゃんとお腹空かせてきた?」

「はい。でも、緊張してるからあまり食べられないかも」

「すごく旨《うま》い店だからきっと大丈夫。それより…」

フロントに手を伸ばしエアコンの設定を調整しながら、藤堂は宣言した。

「敬語、やめない? たぶん俺たちタメだよ」

「え…!」

「俺、七十七年生まれだけど」

「同い年…だ」

「なんだかすごく驚かれたな。今までいくつだと思ってた？」

「二十八とか九とか」

「三歳上だと思われたか。許容範囲《きょよう》かな」

「落ち着いてるし、貫禄《かんろく》があるから…」

「貫禄？　腹はまだ出てないけど」

藤堂は腹のあたりに手を当てながら、ほがらかに笑ってみせた。車内になごやかな空気が流れて、佳人はほっと肩の力を抜いた。

それにしても驚いた。佳人と同い年ということはまだ二十六歳。大卒なら社会人四年目。それでこの落ち着きぶりはどうだろう。

へたをすれば高校生とまちがわれそうな佳人と、なんという違いか。

そう思って見直してみると歳のわりに身に着けているものが上質で、それが嫌味《いやみ》なく自然になじんでいる。今、乗っているこの車も、以前流れたテレビＣＭに惹《ひ》かれて値段を調べてみたことがあるけれど、確か三百万クラスだった気がする。

「藤堂さんの仕事って…」

純粋な好奇心で訊ねかけたとたん、まるでタイミングを見計らったように藤堂の胸元で携帯が鳴り響いた。

「あぁ…、電源切り忘れてた。ごめん、会社からだけど、一度だけ出ていい？」

番号を確認してがっくりと肩を落としたあと、わざわざ佳人の同意を求める。その心遣いが嬉しい。

もちろんうなずいて了承《りょうしょう》する。

「はい、藤堂です」

路肩《ろかた》に車を寄せてから、いつもより低い声で着信に応《こた》える藤堂の横顔を、次々に追い越していくヘッドライトの光が照らし出す。

「――データが飛んだ？　どの部分？　落ち着いて、先方にはまだ言わなくていい。その日の分なら俺のデスクトップにバックアップがある。『たいちゃんのお仕事』フォルダ、第三階層…うん、そう。それ。オペレータに渡して校正紙《こうせいし》とつき合わせて…、平気か？」

それじゃあ月曜に。そう言って通話を終えると、藤堂はしっかりと電源を落とした。

「待たせてごめん」

「いいんですか、仕事？」

「うん。指示はしたから、あとは週明けにフォローすれば大丈夫」

土曜日のこんな時間まで会社にいるなんて大変ですねと言うと、藤堂は芝居がかったしぐさで肩をすくめ、まあね…と眉間《みけん》にしわを寄せてみせた。

「確か営業職でしたよね？」

「うん。印刷会社の広報営業マン、という名の便利屋さん」

笑いながら藤堂が告げた社名は、佳人でも知っているほど有名で大きな会社だった。

「便利屋さん…」

「そう。お客さんが『うちの商品がドーンと売れるようなパンフレット作って』とか『今度のおすすめ機能がバーンと伝わるように、カッコイイポスター一ひとつよろしく！』なんて言ってくると、企画立てたり絵コンテ切ったりモデルやカメラマン手配したりして、地味で目立たなかった部分にスポットライト当てて、たくさんのひとに魅力を知ってもらうんだ。——同じ素材でも見せ方ひとつで全然変わる。印象や、最終的には売れ行きも」

プロデュース力がないばかりに、埋没《まいぼつ》してしまいそうな商品や人や、現象の魅力を最大限に引き出す。

「それが面白くてこの仕事を選んだんだ」

「きっかけは何？」

彼のことをもっと知りたい。佳人には珍しく貪欲《どんよく》に訊ねると、藤堂は少し遠い目をした。

「俺は上京するまで、まあ所謂フツーの冴《さ》えない男子高校生だったんだけど、東京に出て、見よう見真似で上っ面《つら》をつくろったら、ばかみたいにモテて…」

さもありなんと佳人がうなずくと、そこは笑うとこだと突っ込まれる。

「中身は同じなのに、外見だけで評価が変わるのがおかしくて不思議で。だけどあまりよく考えずに、一時期、外見でひとを判断するようになって、——…大切なものを失った」

さらりと語られた語尾に、悲痛な後悔がにじんでいる。

「それからいろいろ考えるようになった。いろいろね。それがきっかけかな」

重ねた語尾に言葉以上の何かが含まれている気がして、佳人は続きをうながしたけれど、男はかすかに苦笑して、駐車場へ入るためにステアリングを回しただけだった。


藤堂が案内してくれたレストランは、繁華街から外れた閑静《かんせい》な住宅街にひっそりと門戸を開いていた。店の周囲には目隠しを兼ねた欅《けやき》と槐《えんじゅ》がきれいに色づいている。

店内は間接照明が目にやさしい落ち着いた雰囲気《ふんいき》だった。光度をしぼった蜜色《みついろ》の明かりを受けて、艶やかに磨き上げられた床板や柱の木目がやわらかく浮かび上がる。壁は染《し》みひとつないクリーム色。少し古風な感じのする造りが何かに似ている。

佳人は刺激された記憶をたぐり寄せてみた。

黒に近い濃い飴色《あめいろ》の、古い木造校舎。明治《めいじ》時代の建築物に似せた懐古調《かいこちょう》の柱や木製の引き戸。数年に一度、塗り替えられる漆喰《しっくい》の真白い壁。

県下で一番の進学校だった。自由な校風で、普段は私服。式典関係のときだけ男子は詰襟、女子は指定ブレザーを着る。

艶々《つやつや》とした階段の手すり。踊り場から射し込む磨りガラス越しの午後の光。

いつも一歩前を行く彼が、ときどきふり向いて足を止める。

——佳人、早くしないと遅れるぞ。

「彼」は背が高くて、陽に焼けた肌に白いシャツが映えていた。今思えば少し野暮《やぼ》ったい髪型も、進学校の生徒会長らしい真面目《まじめ》さの表れとして大人には好ましく思われていた。

佳人は彼がどんな格好《かっこう》でも髪型でも気にならなかった。彼という存在自体が好きだった。

中学で一目惚れしてからずっと好きで…、ばかみたいに好きで。高校も彼が行くからという理由で同じ学校を選んだ。一緒にいられたら、それで幸せだった——。

レストランの内装と、目の前で微笑む藤堂の服のせいだろうか。今夜は学生時代のことをよく思い出す。

十歳のとき災害事故で両親を亡くした佳人と圭吾のふたりを育ててくれた叔父《おじ》夫婦の、地元の大学に進学してくれないかという願いをふり切って東京の大学を選んだのは、好きだった彼と離れたくなかったからだった。

六年間思い続け、迎えた高校の卒業式。

ダメモトでしてみた告白。

たとえ同じ大学に進学しても学部が違えば、これまでのように毎日顔を合わせることはなくなる。地味で面白味のない佳人と違って、彼はきっと東京でも人気者になる。そうしたらもう太刀《たち》打ちできない。

最後のチャンス。わらにもすがる思いで、震えながらつっかえつっかえ、ずっと好きだったと告げて――、そのあとは…。

前に見た夢と記憶が繋がる。

中学から高校。六年間かけた片恋は、惨憺《さんたん》たる結果に終わってしまったのだった。

「佳人さん」

呼ばれて顔を上げると、気遣わしげに見つめる藤堂の瞳とかち合う。

「苦手なものが混じってた？」

いつの間にかテーブルの上には、素晴らしく美味しそうな料理が運ばれてきていた。

佳人はいいえと首をふり、せっかく藤堂と過ごせるひとときを大切にしようと、苦い記憶に蓋をした。

食事を終えると、予定通り人気《ひとけ》の少ない展望台へ連れていかれた。展望台と言っても、円海山の途中にある退避用の路肩である。

木々の切れ間から眼下に横浜の夜景が瞬いている。十月に入ったばかりだが、車をおりると夜の山の上ということでかなり寒い。両手で自分を抱きしめるようにしていると、これまで常に礼儀正しく身体ひとつ分の距離を取っていた藤堂の体温が、ゆっくりと近づいてくるのを感じた。

足下で砂利《じゃり》が乾いた音をたてる。

これで、ジャケットを肩にかけられたりしたら安っぽいドラマみたいだ。そんなふうに思いながら遠くきらめく街の灯りを眺めていると、そっと肩を抱き寄せられた。

「う…」

寒さも怖さも、すべてが吹き飛ぶ。

残されたのは現実離れした身体の熱さだけ。

頭からすっぽりと膜を被《かぶ》せられたみたいに熱がこもり、皮膚感覚が鈍くなる。

「寒い？」

「い、今は寒く…ない」

「それなら良かった」

耳の近くでささやかれ手慣れたしぐささでさらに引き寄せられると、期待と不安と混乱と興奮で居心地悪くて仕方がない。それなのに、力強い腕に抱き寄せられ、温かく広い胸にそっと頬を寄せると、泣きたくなるような愛《いと》しさが湧き上がった。

今すぐ逃げ出したい。でも、ずっとこのままでいたい。

相反《あいはん》するふたつの感情に心が揺れる。

藤堂はなぜ自分を食事に誘ったのだろう。なぜこんな、恋人同士のようなふる舞いをするのか。そう聞きたいのに怖くて聞けない。

藤堂も佳人のように同性を愛する人なのだろうか。それなら少しは希望があるかもしれない。

甘い夢想《むそう》に傾きかけて、あわてて否定した。

友達同士でも寒ければ身を寄せ合い、肩くらい抱く。そんなふうに懸命に自分に言い聞かせてみても、胸の高鳴りは治まらない。

こんなとき世の恋人未満たちはどんなふうに応えているんだろう。

不器用で臆病《おくびょう》な佳人は、相手の真意を探るための駆け引きめいた会話へ誘導《ゆうどう》する術《すべ》など知らない。だからこの成り行きが、単なる親愛表現なのか恋への発展途上なのか、それさえも判断できないままだった。

佳人の小さなくしゃみを機に車へ戻ると、なぜか外よりも少しだけ寒く感じた。離れてしまった男の体温を惜《お》しんでいる自分に、恋を自覚する。

シートベルトをかけてから何時になるかと、オーディオのデジタル表示をのぞき込むと、

「佳人さんは時計しないの？」

「あ、ええ。いつも必要ないから、忘れちゃうんです。——藤堂さんは？」

「俺はたいてい肌身離さず。シャワー浴びるときもしてるかな」

「え、水とか大丈夫なんですか？」

「うん。防水がしっかりしてるからね。これなんか水深一〇〇メートルまで平気」

そう言って佳人の目の前に差し出された手首には、この前より少し華奢《きゃしゃ》で、けれど高そうな時計が巻かれていた。銀色の上品な輝きが、陽に焼けて男らしい肌によく映えている。

「時計やブレスレットをいつもしている人って、寂しがりやだって言いますよね」

「そうなの？」

「ええと、民間心理学でそういう説が」

藤堂はふ…と笑い、それから少し声を落として、その通りかもしれないとつぶやいた。

「俺はね、子供の頃から何でもそつなくこなすタイプで、親や先生が自分に何を望んでいるか察して先回りするような、ませたガキだったんだ」

可愛《かわい》くないんだよ。藤堂は自嘲《じちょう》してみせた。

「『藤堂さんちの大司くんはしっかりしてる』って言われ続けて、自分でもそう思い込んで…。あれは一種の自己暗示だね。他人より優れてるって評価されて、まずいことに大抵《たいてい》のことは本当にできちゃって」

気がついたら弱音を吐けない人間になっていた。中学でも高校でも学級長とか生徒会員に選ばれて、気がつけば頼りにされる存在になっていて…。

「子供だから自分勝手な意見とか、拗《す》ねる奴とか出るじゃない。こっちだって『勝手なこと抜かすな！』って怒鳴りたいのを抑《おさ》えて、誰に対しても公平に、納得のゆく意見を示さなきゃいけない。口だけでなく行動でもね。それでも文化祭とか球技大会とか、部活の壮行会《そうこうかい》とか、今までないくらい盛り上げて実績作って、そういうのは楽しかった。だけど本当の苦労とか悩みとかは全部押し隠してた」

藤堂は過去へと思いを馳《は》せるように、目を細めた。

「本音を言える奴がいなかった。みんな自分を頼りにしてる。俺が頼るわけにはいかない。弱音は吐けない。でも、いつもどこかで寂しいって感じてた。だけど…」

佳人は、高校時代の精一杯背伸びをしている藤堂の顔を想像してみて切なくなった。

「誰にも言えなかった…？」

「いや。ひとりだけ、いたよ」

その声が限りなくやさしくて、けれど苦しそうで、佳人の胸まで痛くなった。

「すごくいい奴だった」

過去形だ。そのひとは今どうしてるのか。

「やさしい奴で世話好きで思いやりもあって。俺がグチ垂れても黙って聞いてくれて、わがまま言っても笑いながら受け止めてくれた。……だから俺は」

藤堂は苦しそうに続けた。

「そのやさしさや自分に対する愛情を、当然のことだと思って、当たり前に無尽蔵《むじんぞう》にあるものだと思って——。…彼もひとりの人間で、悩んだり困ったりするんだって、思いやることも忘れて…ぞんざいに扱って、傷つけた」

藤堂自身が血を流しているような声。

「取り返しがつかないほど、傷つけてしまった…——」

そのままステアリングに腕をつき、静かに夜の街を見据える藤堂の、かすかに震える肩をぼんやりと眺めながら、佳人は湧き上がる感情に苦しんだ。

「そのひとのこと…好き、だったんですか？」

黒髪がわずかに揺らぐ。

「今でも好きなんですか？」

今度はもう少ししっかりと揺れ動いた。

同時に佳人の全身に敗北感が広がる。それから強い嫉妬《しっと》も。もしかしたらと期待していた分、強烈な独占欲が行き場を失い、身体中の力を全部吸い取られたみたいに落ち込む。

これまで彼から与えられた親切は、やはりただの親切で、色恋には関係なかったのだ。

佳人の落胆《らくたん》に気づかないまま藤堂は続けた。

「…俺は傲慢《ごうまん》なガキだった。だけど彼の傍にいるときだけは少しはましな人間になれてた気がする。それなのに進学で地方から上京したとたん、新しいつき合いの中でちやほやされて、いい気になって、一番大切なものを傷つけてぼろぼろにした。そのことに気づかないまま失《な》くしてしまった」

「まさか、死んでしまったんじゃ…」

藤堂の声があまりに悲痛で、おもわず聞いてしまった。聞いてから不躾《ぶしつけ》だったと気づいたけれど藤堂は気にしないでくれた。

「生きてるよ。ずっと逢うことも、謝ることもできないままだったけど。――どちらかというと、彼にとっては俺の方が死んでしまったようなものかも」

最後のつぶやきがあまりに自嘲めいていたせいで、佳人の胸まで苦しくなる。

「彼がいなくなって初めて、俺は自分がどんなに彼を頼りにしていたか気づいた。弱音を吐ける相手は彼だけだった。こんなことを言ったらバカにされるんじゃないかとか、相手の反応を気にしながら話す必要がないのは彼だけだった。傍にいるだけでほっとできる存在だった。本当に大切な人だったのに……。そのことに、失くしてから気がついた。大昔から芝居や小説でくり返される陳腐《ちんぷ》な台詞《せりふ》は、真理だからくり返されるんだって、心底思い知ったよ」

大ばか野郎なんだ俺は…。

そうつぶやいて自分を卑下《ひげ》する藤堂を慰めたくて、佳人は震える肩に手を伸ばした。

弱音を吐く相手がいないなら僕が聞く…、そう言いかけて我に返った。男の肩に触れようとした指先を握りしめ、静かに胸元へ引き戻した佳人の胸の奥に、思い上がるなという声が湧き上がる。

自分にそんな価値があるのか？　いいかげん自覚しろ、と。

久しぶりに目を覚ました自己嫌悪《けんお》に指が震え出す。男が口にした『大切な存在』という言葉に嫌というほど動揺している。

藤堂の肌に触れたとき感じ取った青黒い後悔の理由もこれでわかった。藤堂にこれほど思われているその人が羨《うらや》ましかった。相手が『彼』だということも、敗北感に拍車《はくしゃ》をかけている。

嫉妬で無様《ぶざま》に震える指先を強く握りしめながら、佳人は自分がどれほど藤堂という男に惹かれていたか再認識して、悲しくなった。

「僕も…」

泣き出す寸前みたいなかすれた声が恥ずかしい。少し息を整えて言い直す。

「僕も以前、好きだったひとにひどいふられ方して、すごく落ち込んだことがあるけど」

藤堂を慰めたい気持ちと、芽吹《めぶ》いたとたん根本から引き抜かれて傷ついた恋心をごまかすために、ずっとしまい込んでいた自分の情けない過去を告げてみた。

「…結局立ち直ることができたし、嫌なことでも辛いことでも、人間って案外、乗り越えられるようにできてるんだなって」

だから貴方も昔の彼のことは忘れて、僕のことを好きになってくれないだろうか。そんな願いはあまりにも身勝手すぎて、とても口にはできないけれど。

「佳人…」

その声があまりに辛そうで、名を呼ばれただけなのに心臓が凍りつく。「さん」が聞こえなかったのは溜息《ためいき》のような語尾にかすれて消えてしまったせいだろうか。

右頬に強い視線を感じて、そっと目の端だけで藤堂の様子をうかがう。

「君をふった相手の名前、覚えてる?」

あまりに意外な質問で、とっさにどう応えていいか判らず彼の顔をまじまじと見返す。

「そいつのこと、今も恨んでる?」

「――…」

正面から見つめ合う藤堂の瞳が、これまでにもときどき見せた、すがりつくような苦しげな色を帯びていた。

何かにつかまりそうだ。佳人は必死に首をふり、絡みつく視線を払い落とした。

「お、ぼえて…ない」

言ってから愕然《がくぜん》とする。

ごまかすための嘘ではなく、本当に思い出せなかった。

――あれほど好きだったひとなのに。

「覚えてない？　少しも？」

重ねて問う藤堂の声はやさしかった。それなのに佳人の頰は反射的にそそけ立ち、背筋にぞわりと怖気《おぞけ》を感じた。

――どうして僕は彼のことを、名前も顔も思い出せないんだろう…。

腕に触ると鳥肌が立っている。思い出せと、記憶の殻をつつく言葉がたまらなく厭《いと》わしい。

だめだ、嫌だ。

「もう忘れました」

思わず強い調子で言い返してしまってから、はっとして唇を押さえる。そろりと視線を上げると藤堂と目が合った。その目元に痛みを耐えるような、何かを言おうとしてためらっているような苦悩の影を見つけて戸惑う。

「藤堂…さん？」

言葉で責められたわけじゃない。けれど自分の言動の何かが、藤堂をひどく傷つけたことだけはわかった。

「藤堂さん」

もう一度名を呼ぶと、藤堂はひとつ大きく息を吐いて傷ついた色をひそめた。それから努めて明るい声を出し、

「…そろそろ帰ろうか」

佳人に向かってやわらかく微笑んだ。

その言葉に同意する以外、今の佳人には応えようがない。うなずいてシートに深く身を沈めながら、佳人は初めて、自分の中に得体《えたい》の知れない歪みがあることを強く自覚した。

気まずい沈黙をBGMでごまかしながら、ようやくたどり着いた自宅前で藤堂は車を停めた。エンジンを止めキーまで抜いたのは、玄関前まで佳人を送っていくつもりだからか。

「お…っと」

ドアを開けようとして足下に落としたキーを拾おうと身を屈《かが》めた拍子《ひょうし》に、藤堂の襟元から銀色のペンダントがこぼれ落ちた。懐かしいクロムハーツ。

……が好きだったっけ。

目の前で揺れる鈍い銀細工の輝きに、思わず口を開いていた。

「それ、クロムハーツですよね。四万三千円」

聞きながら、どうしてそんな値段まで思いつくんだろう。最近何かの雑誌で見たんだっけ、と首を

ひねる。

「そう。――…覚えてる？」

「え？」

聞きまちがいだろうか。藤堂と出会ってから、ペンダントを見たのは今夜が初めて。

……初めてのはずだ。それなのにどうして覚えているかなどと聞かれるのか。

「佳人…さん」

どうしてとってつけたような「さん」づけなのか。

「嫌だ」

ついさっき、展望台でのやりとりで感じた恐怖感に再び襲われた。突然、別世界に放り出されたような不安。それから古い油が肌にまといつくような嫌な予感。

ちがう。予感ではなく記憶だ。

かつて実際あったこと。自分の身に起きたこと。その断片が、ちらりと脳裏《のうり》で弾ける。

――嫌だ。知らない。知りたくない。

佳人は無意識につぶやきながら、近づいてくる藤堂の手を逃れドアに背中を押しつけた。

「佳人…」

――嫌…だ。そんな声で僕を呼ぶな。

指先で懸命にドアロックを探りながら、ちらちらと瞬く記憶の欠片を消すための呪文《じゅもん》のようにつぶやき続ける。

――嫌だ、思い出したくなんかない。

「佳人……！　佳人、大丈夫だから」

「いや…っ、嫌だ！　い……――」

開かないドアに焦れて闇雲《やみくも》にふり回した手首を的確に捕《と》らえられ、頭に血がのぼる。叫んで抵抗しようとした瞬間、唇を奪われて、すべての感覚が消し飛んだ。

「……ぁ」

「大丈夫だから」

ほんの少し唇が離れ、代わりに吐息とささやきが触れてくる。

何が大丈夫なのか。心臓が潰《つぶ》れそうなのに。

反論する間もなく再び熱い粘膜《ねんまく》が重ねられた。右腕と肩をドアに押しつけられ項《うなじ》を捕らえられて、逃げることもできない。唯一《ゆいいつ》自由になる佳人の左手は行き場をなくし、いつしか溺《おぼ》れる者の必死さで、男の腕にすがりついていた。

「佳人、藤堂くんから電話だぞ」

「出ない」

「そうか。もしもし、佳人は出たくないそうだ。君、やっぱりこの間何か怒らせることしたんだろう……」

部屋のドアを閉めて階段をおりていく足音とともに、子機を持った兄の声も消えていく。

別れ際に無体を強要されたあの夜から、三週間が過ぎていた。

キス…。あれはまちがいなくキスだった。舌まで入れられて、最後には唾液《だえき》で濡れた唇を軽く噛《か》まれて舐《な》め上げられた。

「…――ッ」

佳人は机の上に広げた本に額《ひたい》を押しつけ、記憶を追い出すためにまぶたをきつく閉じた。

あの夜、ようやく開いた車のドアから、転がるように飛び出しかけた佳人の腕を引き止め、藤堂は『また逢いたい』と言い募《つの》った。

嬉しかった。でもそれ以上に怖かった。

あいまいに首をふり、玄関から顔を出した兄の声に藤堂の腕がゆるんだ隙に逃げ出した。

次の日には電話をもらった。その週末には訪ねてこられた。その翌日の電話も、それ以外も、全部理由をつけて避け続けた。

兄は全面的に佳人の味方なので、さっきのような場面でも弟を責めたりしない。けれど逢いたいという誘いを本人に代わって無下《むげ》に断り続けるのも心苦しいはずだ。本来は自分のクライアントなのだから。

いつまでも逃げているわけにはいかない。それはわかっている。

「だけど…」

怖い。彼の申し出を受けて、関係を進めることが怖くて仕方がない。

ずっと好きで忘れられない『大切な人』がいると言った。それなのに佳人とつき合いたいと望む男の真意が読めない。信じられない。

佳人は唇にそっと指先を当て、自分の気持ちを探り続けた。

恋人としてつき合う。

その可能性と未来に思いを馳せたとたん、どうしようもない不安とやる瀬なさ、底なし沼の淵《ふち》にぎりぎり片足で立っているような心細さに襲われる。そして得体の知れない不安とは別に引け目もある。

藤堂は希望した仕事に就《つ》いて立派に勤めながら、自力で高級車を購入して維持できる経済力を手に入れている。それなのに同い年の佳人は対人恐怖症で外出もままならない。

なんという差だろう。

兄に庇護されて生きている自分が情けなくて仕方がない。考えれば考えるほど自分が無価値な人間に思えてくる。藤堂もきっとそう思うようになる。つき合い始めれば佳人に失望するに違いない。

これまでも佳人をずっと苦しめてきた強い自己卑下《ひげ》と不安に捕まる。

自分に魅力がないことは嫌というほど思い知っている。一緒にいてもつまらないと言われたことがあるからだ。

——退屈なんだ、お前といても。いつまでたってもダッサイままだし。一緒にいると恥ずかしいんだ。

そう言われた。態度と言葉で、何度も。

「でも…——誰に、言われたんだっけ…？」

ぞわりと背筋に悪寒《おかん》が走り抜けた。

ひどいことを言われたのに、覚えていない。名前も顔も思い出せない。

ふっと、妙な既視感《きしかん》を覚えて顔を上げた。

『君をふった相手の名前、覚えてる？』

『お、ぼえて…ない』

展望台で藤堂に訊かれたときと同じだ。

たとえようもなく嫌な感覚が足下から這いのぼる。まといつく架空《かくう》の粘液を払い落とすように思わず自分の腕をさすりながら、佳人は立ち上がった。兄に助けを求めてドアに向かいかけ、思い直してベッドに座り込む。

「おかしい…」

記憶が混乱している。何かがおかしい。

自分の中に、ずっと目を逸らしてきた歪みがあることを自覚したのは三週間前。藤堂との会話が引き金になっている。

以来ずっと彼を避けてきたのはキスされたことに動揺したせいじゃなく、無意識のうちにこれ以上、歪みをつついてその奥にある『怖いもの』を刺激したくなかったからか…。

そのことにようやく思い至った。

キスは、嫌じゃなかった。抱きしめられて気絶しそうになるくらい胸が高鳴った。

本当は藤堂に逢いたい。

「でも…、このままじゃ逢えない」

佳人は頭を抱《かか》え、思わずうめいた。

好きなのに怖くて逢えない。なんて滑稽《こっけい》なんだろう。しかも原因は自分にある。

佳人は立ち上がり、よろめきながら本棚の奥を探り始めた。目当てのものはそこでは見つからず、クローゼットの奥にしまい込んだ箱の中から、ようやく学生時代のアルバムを見つけ出した。

藤堂とつき合いたいと望むなら、せめて恐怖症だけでも克服しなければ。得体の知れない不安と向き合い、原因を解きほぐす努力をしなければ藤堂という存在を失ってしまう。

たとえ彼に、今でも忘れられない大切な人がいたとしても…。

『大切な人』のことを思い出したとたん、足がすくんだ。ずっと封印してきた恐怖と闘っても、藤堂の気持ちが自分に向けられなければすべて無駄《むだ》に終わるのに…。

でも、それならあのキスの意味は？

いくら考えても自分ひとりで答えは出ない。

「逃げてばかりじゃダメだ」

勇気を出して、封印《ふういん》するようにしまわれていたアルバムに震える指先をかけた。少し傷《いた》んだ表紙をめくり、ページを進めるにつれ、佳人の頬から少しずつ血の気が引き始めた。

半分に切られた写真。笑っている佳人の肩に手をかけた人物の存在を抹消《まっしょう》するように、くり貫かれた記念画像。集合写真では、几帳面《きちょうめん》に四角く顔だけ切り取られている。どれも佳人の隣にいる人物であることが多い。佳人より背が高く、詰襟が嫌味なくらい似合っている。

修学旅行、球技大会、学園祭。夏休みの千葉《ちば》の海岸。卒業式、入学式。

何枚も何枚も。病的なほど、徹底的に。

アルバムの中、特定の人物の顔だけがきれいに切り抜かれていた。

アルバムと一緒に保管してあった学生名簿や住所録の中味も確認してみると、やはり特定の人物の分だけ切り取られている。

それは「た行」で始まる名字だった。

突然、背筋を這いのぼった悪寒に、佳人は自《みずか》らを抱きしめた。自分が何か大切なことを忘れているということだけは自覚できた。

けれどこれ以上、真実を知るのが怖い。

怖くて仕方がない。知りたくない。

何もかも放り捨て、逃げ出してしまいたい。

前よりもっと怖くなった。藪蛇《やぶへび》とはまさにこのことだ。せっかく勇気を出して調べた結果がこれかと、思わず自嘲がこぼれる。

「やっぱり…、逢えない」

こんな危《あや》うい気持ちのまま藤堂とつき合うことなど到底できない。

佳人はそう結論を下した。


自分の精神状態が不安定になったことを自覚しながら、佳人はそれを理由に兄の研修行きを止めることはできなかった。

「日曜の夜には戻るけど、遅くなるかもしれないから先に寝てていいよ」

そう言って出かけた兄を見送り、不安な気持ちを押し殺しながら、冬に備えて庭木の手入れに精を出す。

切り抜かれた写真のことを兄に相談する気にはなれなかった。担当の療法士には報告するつもりだが、次の面談は一カ月先である。

枯れ枝を剪定《せんてい》してアプローチに溜まった枯葉と泥を始末したあと、いくつかの株に追肥《ついひ》を施《ほどこ》していると、出入りのプランツ業者が秋植えの苗木を配達にきた。門の内側で注文通りの種類か確認してから受け取り証にサインしていると、気遣わしげな声をかけられた。

「顔色あんまり良くないですね。コンテナ、わたしが向こうまで運びましょうか」

三十代前半の陽に焼けた人のいい笑顔が申し出た親切に、佳人も笑顔で応える。

「ありがとうございます。でもそんなに重くないし」

「いや、今回はけっこうありますよ。土が」

「俺が代わりに運びましょう」

平和な会話に突然割り込んできた男の声に顔を上げ、佳人は思わず後ずさった。

怪訝《けげん》に思った業者がふり返ると、俳優のようにいい男が、腰のあたりまでしかない華奢な門扉《もんぴ》に手をかけ立っていた。

「あれ、えーと。じゃあ、わたしはこれで」

何やら曰《いわ》くありげに見つめ合う、佳人と背の高い客人を見比べて、三十代プランツ業者は如才《じょさい》なくその場を辞した。

「こんにちは。久しぶりだね」

「…兄なら、今日は留守です」

真意を気取《けど》らせないやさしい挨拶に、佳人は緊張のあまり素《そ》っ気《け》ない返事をしてしまう。そのとたん、藤堂は叱られた大型犬のように肩を落としてつぶやいた。

「話がしたい」

「藤堂さん、僕は…」

プランツ業者のバンが、門の外に立ち尽くす藤堂の後ろを最徐行で通り過ぎていく。運転席から心

配そうにこちらを見ている業者の視線が気になって、

「こんなところで立ち話もなんなので、どうぞ中に入ってください」

佳人は項垂《うなだ》れている藤堂を家に招き入れた。

そしてその判断を、あとで猛烈に悔《く》やむことになった。

ダイニングでお茶を淹れ、向かい合わせに腰かけると、カモマイルの甘い香りが張り詰めた空気を少しだけやわらげてくれる。

「何度も電話をした。逢って欲しい、話がしたいと伝言したのに、一カ月近く一度も返事がない」

せっかくのハーブの芳香も、今の藤堂には効かないらしい。ティーカップの華奢な持ち手を指先でもてあそびながら、藤堂はいきなり核心をついてきた。

「——キスしたことが、そんなに嫌だった?」

言外に、君も感じていたはずなのに…と仄《ほの》めかされた気がして、佳人は思わず顔を上げ、男の強い視線に負けて目を伏せた。舌を絡ませ合ったキスを思い出すと頬が熱くなる。

身体中のいたるところに小さな心臓ができたように、指先までドクドクと脈打ち始めた。

心の準備ができないうちに強引に求められることが腹立たしいような、逆に誇らしいような、なじみのない感情にふり回される。

「きちんと答えを聞かせて欲しい。俺のことが嫌いになった?」

「ちが…」

「キスした意味がわからない？」

「わかってます」

男の甘く切迫したささやき声に目眩《めまい》がする。

「わかってるけど…、ちゃんと考えたんですけど、貴方とつき合う気は……ありません」

「本気で言ってるとは思えない」

即座に否定されて、いくらなんでも一方的すぎるとにらみ返した視線の先で、藤堂がゆっくりと立ち上がった。

「藤堂さん…？」

テーブルを回って近づいてくる長身を、佳人は呆然と見上げた。男のしなやかな動きを、ばかみたいに目で追うことしかできない。

「…藤堂さん、それ以上近づかないで」

「俺が怖い？　それとも男だから怖い？」

「藤堂さんお願いだから…――」

「さっきの花屋には愛想《あいそ》良くしてたのに、俺にはどうしてそんなに冷たい態度を？」

耐え切れず椅子から腰を浮かせようとしたとたん、覆い被さってきた男の厚い胸板に目の前をさえぎられ息が止まる。

藤堂は両手を伸ばして椅子の背をつかみ、佳人の動きを封じてきた。肌に触れるか触れないか、拘《こう》束《そく》まがいの抱擁《ほうよう》に、恐怖なのかそれとも興奮のせいか全身が痺《しび》れて力が抜ける。
すぐ目の前、カーキ色のスウェードシャツの襟元で銀色のクロムハーツが揺らめいて鈍い輝きを放っている。かすかに漂う芳香は、以前佳人が藤堂のために調合してプレゼントしたアロマエッセンス。

「嫌われたのか、他に誰か好きな奴でもできたのかと気が気じゃなかった。仕事をしても、何をしていても君のことばかり考えて」

少しかすれたささやき声が耳元に近づいてくる。どうしていいのか判らない。

「藤堂さん…ッ」

「俺が素直に遠ざけられてる間に、佳人が他の誰かに奪われたら…。そう思うと居ても立ってもいられない」

「そんなことは」

「君は自分の魅力に無頓着《むとんちゃく》すぎる。今までみたいに、この家に守られてひっそりと暮らしているなら少しは安心できるけど、俺と外出したように、他の誰かに誘われたら？　恐怖症が治ってたくさんの人とつき合うようになったら――。そう考えると、俺以外の誰かを好きになる前に、どうしても捕まえてしまいたいと思う」

情熱的にかき口説かれて、佳人はそれ以上拒むことも逃げることもできなくなった。
そのひるみを察したように、椅子《いす》ごと倒されそうな勢いで強い抱擁とキスを受ける。

「ん……ぅ…」

とっさに瞑《つぶ》った目の端にダイニングの白い壁が映った。十一月の夕陽を浴びて杏色《あんず》に染まり、長く伸びた庭木の影が紗幕《しゃまく》のように広がっていく。

「う…、や…ッ」

絡み合う舌の感触に翻弄《ほんろう》されているうちに、シャツをたくし上げられ、わき腹に大きな手のひらが忍び込む。腰に手を添えられて抱え上げられテーブルから離された。ほんのわずかな移動の間に藤堂の手は佳人の肩を抱き、胸元をまさぐり、二の腕をもどかしげにつかんで撫でおろし腰を強く抱き寄せていた。

「あ…あ、ん…――ぅ…」

熱を帯び始めた己《おのれ》の中心を強く自覚しながら、吐息に首筋を嬲《なぶ》られ、佳人はどうしようもなく身悶えた。逃げたいのに逃げられない。

頭上で藤堂の視線が窓辺のソファに移るのを察して、あわてて腕にすがりついた。

「いや、だ……」

身体を熱くしながら、本気には見えない拒絶の言葉をくり返す。だから藤堂も「大丈夫」とか「嫌ならすぐやめる」などとささやきながら行為を続けるのだ。

耳鳴りがするほど心臓が脈打つ。息が上がって目眩がする。急に視界が暗くなり、驚いて目を開けると明かりを消した藤堂がリモコンを手放したところだった。

混乱しているうちに抱き上げられ、ソファにおろされたのを感じて、思わず涙が出た。

「藤堂さん、待って…」

清潔に整えられたダイニングは、毎日兄と過ごす空間だ。そんな場所でどうにかされるのは嫌だった。それなのに…、

「待って…」

懇願は我ながら鼻にかかった甘え声だった。こんな声で泣きながら相手にしがみついて嫌と言って、誰が本気にするだろう。

それでも藤堂は素直に動きを止め、その代わり深いキスをしてきた。

「……ん…っ…」

熱い舌に嬲られて吸われるうちに、佳人のカーディガンの前がはだけられ、下のシャツもいつの間にかボタンが全部外されていた。

はだけた胸に藤堂の手のひらが直《じか》に触れて、痙攣《けいれん》のような震えが走る。額に汗がにじむ。

「…——ッ」

男の指先が胸の突起に触れたとたん、そこが痛いように凝《しこ》り始めた。佳人の敏感な反応に、指先がまるで笑いかけるように乳首をつまむ。そのままやさしく円を描くような愛撫を施されて、身悶えして逃げ出したいような、泣いてなじりつけたいような、どうしようもない気持ちに腰が揺れる。

「嫌…、だ。…いや」

恥ずかしさに身体中を火照《ほて》らせて、うわごとのように拒絶しながら、心のどこかでこの先の行為を

望んでいる。

知っているのに。

何をされるか、どこをどう暴《あば》かれるのか。悲鳴をあげて逃げ出したくなるほど怖いくせに、同じくらいの強さで藤堂を欲しがる気持ちが身体の中心で目覚めかけている。

好きなのだ。どうしようもないほど。

——他の誰かに奪われる前に。

焦る気持ちは佳人も同じだ。藤堂を誰にも渡したくない。自分だけのものにしたい。

危険な肉食獣のように精悍《せいかん》で、優れた軍用犬のように忠実でやさしい。この得難い男に自分という存在を焼きつけたい。

そう願う自分を浅ましく思いながら、それでも藤堂の熱い肌を感じたかった。

勇気を出して男の背中にすがりつくと、押し潰されるほど強く抱きしめられた。互いの熱と息づかいに溺れそうになる。

気絶寸前まで唇を吸われ、目眩を起こしている間に、カーディガンとシャツを一緒に、手首から脱ぎ落とされた。ジーンズのウエストがゆるんで、仙骨《せんこつ》に指先が忍び寄る。やわらかな粘膜を探《さぐ》られたとたん、びくりと身体が弾けて、藤堂の腰に自分のそれをこすりつける結果になってしまった。

「ん…ぁ、や、……そこ…は」

「佳人…、佳人」

甘く名前を呼ばれ、吐息とともにキスが落ちてくる。肌が直に触れ合うたび、ぞくりと鳥肌が立ち、項から頭頂にかけて髪が逆立つような悪寒が走る。

「…な、んで。どう…して」

恋した相手に身体を求められ抱き合っているのに、奇妙な自分の反応に戸惑う。

肩、二の腕、手首の内側から指先へ藤堂の熱い唇が触れていく。爪の先をやわらかく舐められ軽く噛まれた瞬間、生まれた痺れは、快感ではなく…――嫌悪感？

「ま…って」

さっきとは違う切実さで制止を求めてみても、藤堂にはその違いが伝わらない。

手慣れたしぐさで左脚を持ち上げられ、逞しい脚に搦《から》め取られた。無防備にさらされた佳人の股間《こかん》に男の長い指が忍び寄り、性器を覆い隠すようにぴたりと密着する。長い手指に、やわやわと揉《も》み込むような動きをくり返され、佳人のペニスはかすかに存在感を主張し始めた。同時に背筋から項にかけて鳥肌が立つ。

「う…ぅ…、――あ…っ」

胸元をさまよう唇と舌の熱さに、うめき声が漏れた。首筋や鎖骨に当たる男の髪の感触に、ぞくりと震えて冷たい汗が流れる。

慣れないから、快感を感じ取れないだけ…。

佳人は懸命に自分にそう言い聞かせた。

救いを求めるようにうっすらと目を開けると、リビングはすでに夕闇に沈んでいた。青い闇の中、藤堂の姿はシルエットだけになり表情は読み取れない。

「藤…堂さん、助け…」

不安になって名を呼ぶと、男の手のひらを押し返すように勃《た》ち上がりかけたそこをさらに刺激され、にじんだ粘液がたてた淫猥《いんわい》な音に、もう一度震えが走る。

「あ…？　な…に」

その瞬間、自分の身体に起きた変化がなんなのか理解できなかった。腰からわき腹にかけて生まれた痺れは快感とは明らかに違う。

性器の後ろに伸びた藤堂の指が排泄《はいせつ》器官をまさぐり始めた瞬間、佳人の戸惑いは一層深くなった。背筋を這いのぼる震えは、快感のせいではなく――。

「や、や…。藤…堂さ、ん」

そこは嫌だ。いやだ、イヤだ。

「どうした…、怖い？　やめる？」

やめる、いやだ、こわい。

「やさしくするよ。すごく気持ち良くしてあげられる自信がある」

「い、嫌…」

ちがう。こんなことで気持ち良くなんかなれない。こんなのは嫌だ、怖い。

――一度、挿《い》れちまえば…。

「だめ、嫌…だ」

必死に首をふり拒絶する佳人の耳に、誰かの声がよみがえる。

――挿れちまえば気持ち良くなるぜ。クスリのおかげで指三本らくらく入ってるんだ。平気だ、続けろよ。

いや、嫌だ。お願いだからやめて……。

「佳人?」

……佳人?

突然、耳に綿《わた》を詰められたみたいに藤堂の声が遠くなった。入れ違いに、暗闇の向こうから目の前に手が伸びてくる。ものすごく眩しいのに、どんなに目を凝《こ》らしても自分の姿以外は闇に沈んでいる。

「い…や、あ…――」

無理やり飲まされた非合法の薬のせいで、抗う力など欠片《かけら》もない身体を、単に絵になるという理由で押さえ込まれた。右と左にひとりずつ。背中を支える男の性器が首の後ろで脈打っている。鼻をつく蒸《む》れた牡《おす》臭さ。

萎えた両脚を思い切り広げられ、嵌め撮りのために角度を調整される。

「嫌だ…!」

「佳人、どうしたんだ」

「離せッ、離せったら……――ッ」

額から流れ落ちた汗が目に入り、闇色の視界が一層ぼやける。黒くて大きな影に捕らわれそうになって、手当たり次第に近くのものを投げつけた。

花瓶の割れる音と水のこぼれる音。リモコンを投げ時計を投げ、雑誌を投げつけた。

相手がひるんだ隙に立ち上がり、脱がされかけた服を必死にかき合わせた。そのまま走って逃げようとしてテーブルの角に腰を打ちつけ、椅子に足を取られて転んだとたん頭上から声がふってくる。

――さっきみたいに奴の名を呼びな。挿れられる瞬間に好きな奴の名を呼ぶんだ。知らない男に犯されながら恋人に助けを求めるシチュエーション。楽しそうだろ？

――ほら『大司』って呼べよ。なんならもう一度ケータイで呼び出してやろうか。でもまた無視されちゃうかもな。

――嫌だ。もう許して……。

「許して…、もう嫌だ…」

許しを乞う声が震えている。こぼれた涙が頬を伝い、あごから滴り落ちるのを感じた。子供みたいに身も世もなく泣いて頼んでいるのに、佳人に覆い被さる影は容赦《ようしゃ》なく手首をつかんで、腰に手を回してくる。

――後ろ使われるの初めてなのに、輪姦《まわ》されて中出しなんて可哀《かわい》そうだね。

嬲るだけが目的の言葉とともに身体の内側に他人の体液を撒き散らされた。

　その瞬間から、佳人の脳裏に浮かぶ映像は潰れた果実のように無惨で混沌《こんとん》としたものに変わってしまった。耳鳴りのような嘲笑《ちょうしょう》と吐き気のする苦しさに無理やりまぶたを開け、目の前に迫る大きな影を必死にはねのける。

「やめ…ろ…っ」

「大丈夫だから。佳人、落ち着くんだ」

　やさしい声に騙されるものか。本気で言っているならこの手を離せ。僕を自由にして、これ以上ひどいことをするな。

「離せッ…——」

　いやだイヤだと呂律《ろれつ》の回らない舌で叫び続け、追いすがる声と手を叩き落とし、佳人はその場を逃げ出した。

　階段を駆けのぼる途中で足首を捕らえられかけ、渾身《こんしん》の力で蹴り落とす。踊り場の壁に身体を打ちつけた音と痛みをこらえるうめき声を尻目《しりめ》に、安全であるはずの自分の部屋に飛び込んだ。震える手でドアを閉め鍵をかけて、その場にしゃがみ込む。

「佳人、佳人…」

　コツコツと静かにドアを叩く音が背中に伝わる。そのとたん怖気が走った。声も振動も厭わしくて、佳人はじりじりとドアから遠ざかり、這うように部屋の隅に移動してから膝を抱えドアを睨《にら》みつけた。

「ここを開けてくれ。きちんと話をしよう。抱こうとしたことは謝るから…」

心配をにじませた藤堂の声が、ずっと閉じ込めていた封印の殻に楔《くさび》を打ち込む。

「――…っ」

記憶が、濁流《だくりゅう》のようによみがえり始めた。

凶行の現場から逃げ出したあと、彼のマンションにどうやってたどり着けたのかよく覚えていない。助けと慰めを求めてドアの前に座り込み、帰りを待っていた。半日か一晩か。寒い通路でずっと待ち続けたのに、ようやく帰ってきた男の言葉は無情だった。

――なに？　話があるなら早く言えば。

冷たく言い放つ大司の腕には、手の込んだネイルが施された五本の指が、所有権を主張するように絡みついていた。

――おい……、先に部屋へ入ってろ。

女の子は部屋へ上げても、佳人を入れてくれるつもりはないらしい。好きだと告白して受け入れてもらって、セックスだってした仲なのに。

佳人の頰と腕にできた擦過傷《さっかしょう》と、そこからにじみ出る血に、彼は気づいたはずだった。けれど無視された。

――俺、このあと予定があるんだけど。

面倒くさそうに、苛立《いらだ》たしげにうながされて喉元がきゅ…としめ上がる。鼻の奥がツンと痛んで両目がみじめに潤んだ。

——僕たち、つき合っていたよね？　まだ別れてないよね？

大司の顔がありありと不機嫌な呆れ顔に変化していく。あからさまな舌打ちの音が、物理的な痛みとなって佳人の胸に突き刺さった。

彼の冷たい態度と数時間前まで受けていた暴行のせいで、今にも崩れ落ちそうな膝の震えを、壁に寄りかかることでなんとか耐えた。

ひるみそうになる気持ちを奮《ふる》い立たせ、決着をつけるために言葉を重ねる。

——僕に飽きたとか、嫌いになったなら、そう言って欲しい。ちゃんと別れるって言って欲しいんだ。そうでないと……。

いつまでも期待してしまう。

好きだと告げて、受け入れてもらって始まったつき合いだから、終わるときにもきちんと幕を引いて欲しい。

——そういうところが、融通《ゆうずう》利かなくてつまらないって言われてる理由なんだ。フェイドアウトって言葉も知らない？　せっかく気を遣ってやってたのに…。わかった、ちゃんと言ってやる。お前には飽きた。だから別れる。

これでいいか？

「う…ん」

記憶の向こうから叩きつけられたひどい言葉にうめいてまぶたを閉じたとたん、涙が音を立ててシャツにこぼれ落ちた。

「佳人、佳人…！　何もしないから、頼むからここを開けてくれ」

ドアの向こうで藤堂が——いや大司が、必死に言い募っている。心配しすぎてかすれた声は、かつて自分をあれほど冷たく追い払った男と同じ人間のものとは思えない。

でも、同一人物だ。

「出てけ」

「佳…」

「今さらどうして僕に会いにきた？　またからかうつもり？　飽きたって言ったじゃないか、僕とつき合ってもつまらないって——」

なじりながら涙があふれて止まらない。

「佳人…、もしかして——」

ドアの外であからさまに動揺する気配が伝わってきた。それが無性《むしょう》に癇《かん》に障《さわ》る。

藤堂はすべてを承知で近づいてきたのだ。

佳人はその事実をどう受け止めていいかわからないまま、再びあふれた涙をジーンズにこすりつけた。抱え込んだ膝に顔を伏せた佳人の耳に、かすかに震える藤堂の声が響いた。

「……思い出したのか？」

その通り。

思い出してしまった。――すべてを。

藤堂大司は中学高校の六年間、佳人が片思いを続け、高校の卒業式に告白した相手だ。

一度だけじゃれ合うようなセックスをして、三カ月だけ恋人としてつき合ってもらった。

大学進学で上京してから大司は交友関係が派手になり、あっという間に垢抜《あかぬ》けて、地味な佳人を疎《うと》んじた。それでも長年なじんだ気安さから、気まぐれに佳人を恋人扱いすることもあった。そんなわずかなやさしさにすがってあいまいな関係を続けていたことが仇《あだ》になったのは、二年次の夏の終わり。大司が出入りしていたクラブのイベント主催者とトラブルを起こしたことがきっかけだった。

　主催者の金儲《かねもう》けの道具になっていることに気づいた大司は彼らを遠ざけた。その態度に腹を立てた主催グループが仕返しのために標的にしたのは大司自身ではなく、彼にときどき恋人扱いされていた佳人だった。

　ひっそりと目立たない性格ながら、顔立ちの良さに目をつけられたのだ。

結果はゲイのポルノビデオへの強引な出演。――要するに強姦《ごうかん》。薬を使われて、複数に犯されてデジタルデータとして記録された。

　けれど佳人を一番痛めつけたのは、無慈悲《むじひ》な男たちの欲望ではなく…。事件と、藤堂大司という人間の記憶を抹消《まっしょう》するほど傷ついた本当の理由は、誰よりも好きだった男に助けを求めて拒絶され、恋人としても否定されたという、無惨《むざん》な仕打ちのせいだった。

大司のマンションを追い払われたあとの佳人の記憶は、ふわふわと心許ない。通学に使っている私鉄に乗り、そのまま終点までぼんやりと乗り過ごした。車内は暖かく、窓から射し込む夕日がきれいで眩しかった。

終着駅で適当なバスに乗り込み三十分ほど揺られたあと、周囲に木々ばかりが目立つ峠《とうげ》に差しかかったところでおりた。陽暮れの風が強く吹きつけても、あまり寒さは感じなかった。間遠《まどお》い外灯をたよりに峠の狭い道を、佳人はそのまま歩き続けた。ひたすら歩き続けていると暴行された傷の痛みや、大司から受けた精神的なショックが少しずつやわらいでいくような気がした。このままずっとどこまでも歩き続けてひどい男から遠ざかれば、すべてを忘れられるかもしれない……。

そんな気がして必死に歩き続けた。

エンジン音が聞こえたり、ヘッドライトが射し込むたび、あわてて道の端に身を寄せたことを思うと、決して死のうと考えていたわけではない。けれど結果的に、佳人はふらふらと山の中へ迷い込んだ挙《あ》げ句《く》、足を踏み外して小さな崖から沢に落ちてしまった。

幸い怪我《けが》は全身打撲《だぼく》と片脚骨折だけで済んだものの、一晩中半身を冷たい沢の水に浸していたせいで肺炎になりかけていた。

前の晩、佳人をヒッチハイカーと勘違いして乗っていくよう勧めてくれた気のいいトラック運転手が、心配して探しにきてくれなければかなり危ない状態だったと、あとで兄に教えられた。

そのときの身体的な打撃と精神的な疲労が原因で、病院で目覚めたとき、佳人の記憶の一部はきれいに抜け落ちてしまったのだ。

その事実に気づかないほど完璧《かんぺき》に。

「せっかく忘れていたのに……」

恨みがましいつぶやきが聞こえたのか、ドアの向こうで再び藤堂が訴え始めた。

「佳人…、聞いて欲しい」

「今さら何を、何のために」

「やり直したいからだ。再会してから話したことは、全部本当の気持ちだ。もう一度お前とやり直したい」

どんな顔でそんな台詞を言っているんだ。やり直したいと思っているのは藤堂？　それとも大司が？　あんなにひどい別れ方をしておいて、どうして急に縒《よ》りを戻す気になったのか。…ああ、急にじゃない。あれからもう六年もたってるんだっけ。

佳人は混乱のあまり泣きながら笑ってしまった。ショックのせいで身体の震えが止まらない。今は何を聞いてもまともな判断などできそうもなかった。とにかく今はひとりになりたい。藤堂の声を聞くだけで胸がざわついて、頭の中がぐちゃぐちゃになる。

彼はどこまで知っているんだろう。僕がレイプされたことやそれをビデオに撮られたことも知ってるんだろうか。

「出ていって…！」

嫌だ。これ以上何も考えたくない。早く兄に帰ってきて欲しい。けれど助けを呼びたくても佳人の部屋には電話がない。

「心配なんだ。さっき暴れたとき、どこか怪我したんじゃないか？」

「出ていけ！　……お願いだから」

何を言われても頑に拒み続ける佳人に、藤堂はようやく諦めたのか力なくつぶやいた。

「——…圭吾さんを呼ぼう」

圭吾は日付の変わる頃戻ってきた。

企画されていた研修会がひとつ流れたため、東京のホテルに一泊して翌朝戻る予定が、藤堂から佳人の様子がおかしいと連絡を受けて飛んで帰ってきたのだ。

「佳人、いったいどうしたんだ」

やさしい兄の声を聞いたとたん、佳人は立ち上がってドアに駆け寄り鍵を外した。

「兄さん…！」

「鍵なんかかけてどうしたんだ。藤堂くんとケンカでもしたのか？」

佳人の緊張をほぐすためだろう、圭吾はことさらほがらかな声をかけながらドアをくぐった。その兄の向こうに藤堂の憔悴《しょうすい》した姿を見つけたとたん、佳人は早口で頼み込んだ。

「兄さんドアを閉めて。大司を入れないで」

「たいし？」

誰のことだと首をひねった圭吾の顔色が、ふいにみるみる紅《あか》く変わり始めた。

「……それは、藤堂大司のことか？　彼のことを思い出したのか？」

圭吾は低い声で訊ねながら後ろ手にドアを閉め、震える佳人の首筋から胸元を食い入るように見つめて絶句した。その視線を追って己を見おろすと、ボタンを留めそこねたシャツの合間から青白い肌がのぞいている。

そこに点々と散る鬱血《うっけつ》。情事の跡。

「佳人、何があったんだ？　何をされた？」

「なに…」

何をどこまでされたのか、途中から記憶が混濁《こんだく》して判然としない。どう答えていいかわからず、泣きすぎて腫《は》れた目で兄を見返すと、

「あの野郎……ッ」

いつもの温厚な態度からは想像もできない不穏な罵声《ばせい》を発し、圭吾は音がするほど勢い良くドアの方をにらみつけた。

「兄さん？」

圭吾はゆっくりとドアを開け放ち、廊下に佇《たたず》んでいる男に向かって詰問《きつもん》した。

「何をした…、佳人にいったい何をした」

「圭吾さん、佳人は…？」

「まず僕の質問に答えるんだ！」

叱りつけながら、圭吾は藤堂を押しやるように部屋を出てドアを閉めた。階段をおりるふたつの足音が遠ざかり、間を置かず階下で怒鳴り声が響き渡った。

『ふざけるな！　二度と佳人を傷つけないと言う約束を信じたから、会うことを許したんだぞッ！　よくもまた無体《むたい》な真似をしてくれたな』

滅多《めった》に聞くことのない兄の怒声に驚いて、佳人はそろりとドアを開け、階段のおり口まで忍び寄った。怒鳴り声の合間に、戸惑う藤堂の声が聞こえてくる。

『圭吾さん、佳人の様子は…』

『貴様には関係ない！』

『無理強いしたつもりはないんです…。佳人に会わせてください。話を…』

ガツンと肉を叩く鈍い音が響いて、すぐにドーン、ガシャンと派手な破砕《はさい》音が続く。

『貴様には二度と佳人を会わせない。出ていけ！　そして二度とうちの敷居《しきい》をまたぐな』

『――圭吾さん、俺は佳人を…』

ドアを開け放つ音、布に包まれた肉を叩く音が数回続いて、最後に容赦なくドアが閉め立てられ施《せ》錠《じょう》する音が響いた。

佳人は思わず階段を駆けおりていた。

「佳人。彼のことはもう忘れるんだ」

怒《いか》りのあまり肩で息をしている兄にうなずいて同意を示しながら、それでも玄関のモニターフォンのスイッチを押してみた。

「すごい音がしたから、少し気になる…」

性能のいい暗視モニターは、玄関の淡い光でも鮮明に画像を映し出す。ちょうど土埃《つちぼこり》にまみれた長身の男が、よろめいて立ち上がるところだった。

圭吾と佳人の体格はほとんど同じ。身長も体重も遥《はる》かに上回る大司が、圭吾にやすやすと蹴り出されたのは無抵抗だった証拠《しょうこ》だ。

乱れた前髪のせいで表情はよく見えない。

項垂れて足下をじっと見つめていた男は、今度はその場に土下座《どげざ》して佳人に許しを求めた。扉の向こうからくぐもった声が響く。

『佳人、愚《おろ》かだった昔の俺をどうか許して欲しい。……いや、許しを乞うチャンスを与えて欲しいんだ』

モニターフォンにすがりついたまま固まってしまった佳人の肩に兄が手を置いた。

「佳人、もういいから休みなさい」

それからモニターをのぞき込んで、音声をONにして冷ややかに言い放つ。

「しつこいと警察を呼ぶぞ。出ていきなさい」

小さな画面の中で、地面に額をつけていた藤堂の肩がビクリと揺れる。他人より優れた体格を持つ男の、痛々しい姿に佳人の胸もねじれるように痛んだ。それでも扉を開けて、彼に駆け寄る勇気は出ない。

息を詰めて見守るモニターの中、藤堂は立ち上がり、悄然《しょうぜん》と肩を落として門を出ていった。やがて車のエンジン音が遠ざかっていく。

佳人は詰めていた息を吐いて、その場にずるずると座り込んでしまった。

「佳人…、もう大丈夫だ」

玄関先にうずくまったまま震えている佳人に向かって、圭吾は慎重に手を差し出した。

キッチンで兄が淹れてくれたお茶を飲んで少し落ち着くと、佳人は一番気になっている、けれど藤堂には聞けなかったことを訊ねた。

「……兄さん、ビデオは？　たくさん…撮られた。デジカメとか――何台も…」

圭吾は一瞬だけ息を飲み、すぐにカウンセラーとして培《つちか》ってきた落ち着きを取り戻した。

「大丈夫だ。もう全部片がついている。犯人グループは検挙《けんきょ》されて刑も執行《しっこう》された。押収《おうしゅう》されたテープやデータ類はすべて焼却《しょうきゃく》処分してもらった」

「ぜん…ぶ？」

「そうだ。もう何も心配しなくていい」

聞く者を安心させる兄の声を聞いて、佳人はほっと息をつき湯呑みを両手で包み込んだ。それからもうひとつの疑問を聞くべきか迷う。まるでその迷いを察したように、兄がすまなそうに口を開いた。

「その、悪かったな。彼と引き合わせたこと」

「引き合わせる…？」

佳人が顔を上げると、圭吾は少しばつが悪そうに肩をすくめ、

「藤堂が僕のカウンセリングを受けにきていたのは口実だよ――」

そうつぶやいて、これまでの事情を語った。

佳人を暴行した犯人たちの逮捕には藤堂が協力していること。佳人が骨折と肺炎で入院している間、何度も見舞いにきたけれど会わせなかったこと。

「彼はこの六年間ずっと、お前に会いたがっていた。だけど僕が許さなかった。お前はすっかり彼のことを忘れていたし…、事件の原因や、藤堂がお前にどんな態度を取っていたか彼自身から聞いて、会わせない方がいいと判断したからだ」

しかし佳人の対人恐怖症は治る兆《きざ》しのないまま六年が過ぎた。その間、藤堂はずっと誠実な態度をくずさなかった。

「だから、今度こそお前を傷つけたり苦しめたりしないという約束で会うことを許したのに、…あの野郎」

厚手の湯呑みでなければ割れてしまうほどぎりりと両手を握りしめてから、圭吾はふっと肩の力を

抜いた。

「藤堂のこと、全部思い出したんだろ？」

「……たぶん」

ひどい言葉でふられたときのことも、初めて出会った中学の頃から自分がどれほど彼を好きだったかも——。

「それで、佳人はこの先どうしたい？」

兄のその問いに、佳人は答えることができなかった。


兄の禁止と警告にもかかわらず、藤堂大司は許しを乞うため毎日訪ねてきた。毎日だ。

三日目。佳人はインターフォン越しに『二度と逢いたくない』ときっぱり拒絶した。

マイクを通して「待ってくれ、話をさせてくれ」と言い募る男の声をふり切り、部屋へ逃げ込んだ。

たったそれだけのやりとりで、佳人はその夜眠れなくなった。

それでも彼はやってくる。

仕事を終えて車を飛ばしてくるせいだろう、ほとんどが夜中に近い時間で、近所迷惑だからと兄に叱り飛ばされてからは、八時から九時台が多くなった。

家の前に駐車して、十分から十五分だけ佳人の部屋を見上げる。そんな短い間にも頻繁《ひんぱん》に携帯がか

かってくる。その受け答えの真剣な様子から、たぶん仕事の合間にきているのだと気がついた。

長いときで三十分。招かれざる訪問者は門の外に立ち尽くし、白い吐息を吐きながら冷え込む初冬の夜を耐えたあと、肩を落とし急《せ》かされるように去っていく。

見知らぬ人として初めて出会った日に、彼がくれた名刺に記された所在地は東京都心。これからまた会社に戻るのだろうか。

影が映らないよう電気を消して、こっそりと部屋の窓から遠ざかるテールランプを見つめていた佳人は、己の気持ちを持てあまして溜息をついた。

藤堂のことを考えると身体の芯にじわりと熱が生まれる。再会してからのやさしい態度。好きだとささやく甘い声…。彼に複数の男たちに強姦されたビデオを見られたかと思うと、今すぐ消えてなくなりたいと思う。

佳人はぎゅっと強く目を瞑《つぶ》り、自分が指先から消えていくイメージを思い描こうとして失敗した。そもそも自分を苦しめる原因になったのは彼のせいなのだと思い出す。嫌な記憶にチクリと刺激されたとたん、昔の出来事が次々とよみがえる。

そういえば、藤堂が身に着けていたクロムハーツは、彼の十九の誕生日に佳人がプレゼントしたものだ。

自分の欲しい物は我慢して、バイト代を貯めて、大司が以前からときどきチェックしていたデザインに近いものを買った。彼が本当に欲しがっていたのは二十万以上もするタイプで、とても手が出なかった。

なんとか買うことのできた小さなペンダントトップを差し出したとき、大司は「サンキュ」と礼を言い、そのまま無造作に尻ポケットにねじ込んだ。それきり、佳人が記憶をなくすまで、彼がそれを身に着けてくれたことは一度もなかった。

冷たく佳人を疎《うと》んじた『大司』の仕打ちを思い出すたび、足下が消えていくような心許なさが湧き上がる。恋心は六年も前に、無惨《むざん》に死んだはずだった。けれど——。

『他の誰かに奪われるくらいなら…』

情熱的にかき口説かれて、キスされて。

君のことをもっと知りたいと言ってくれた。

やさしかった。好きだと言ってくれた。

「藤堂さん…、どうして……」

どうしてふたりが同じ人間なんだろう。

事件のことも、冷たかった大司の記憶も封じ込めて、すべてを忘却《ぼうきゃく》の箱に詰めて忘れたはずなのに。

傷ついて臆病になって、六年間ずっと誰にも恋することができなかったのに。ようやく好きになった人が、どうして彼なんだ。

「どうして…僕はまた、同じ人を好きになったんだろう——」

いくら『藤堂』を愛しいと思っても『大司』から受けた過去の仕打ちを思い出すと、どうしても受け入れることができない。

「……僕は、どうすれば……」

カーテンの隙間から射し込む外灯の明かりで、青白く染まる部屋の中。眠れないまま、佳人は寝返りを打ち続けた。

佳人の記憶が戻った日から一カ月近くが過ぎても、藤堂の態度は変わらなかった。

東京から横浜へ連日通うのは負担が大きいはずだ。それでも六年前にはなかった誠実さで、藤堂大司は佳人のもとへ通い続けてくる。

二階の窓からこっそりうかがうだけでも、藤堂の全身に疲労が色濃く重なっていくのがわかった。師走《しわす》に入って仕事も忙しいのだろう。

少し痩《や》せたかもしれない。ときどき咳《せ》き込んでいるのは風邪《かぜ》を引いたのだろうか。

部屋に招いて、温かいお茶を淹れてあげたい。疲れて強張った肩をほぐしてあげたい。

ほだされそうになっている自分に気づいて、佳人は身を寄せていたカーテンを握りしめた。

藤堂の訪れを嬉しいと感じる半面、再び冷たくされるかもしれないという恐れをどうしても捨て切れない。よみがえった過去の記憶のせいで、彼を信じることがどうしてもできないのだ。それなのに、好きという気持ちも捨て切れないから始末が悪い。

『藤堂』と『大司』が別人なら、これほど悩むことも苦しむこともなかったのに。

「別人なら…」

藤堂ほどの男が佳人を好きになったりしただろうか。ふ…と、そんな疑問が浮かんだ。

ずば抜けて顔が良いわけでもなく、対人恐怖症に苦しんで外出もできない。そんな佳人が藤堂にしてあげられたことは、オイルマッサージが一回だけ。普通なら恋に落ちる可能性などほとんどないはずだ。

けれど現実は、これほど情熱的に求められている。その理由が、かつて佳人が彼に注いだ愛情の結果なら…。

そう思うと少しだけ自分を誇らしく思える。

中学一年で出会い、大学二年でふられるまで、佳人は本当に大司のことが好きだった。

最初は一方的な片思いだった。せめて友達として他の人より少しだけ近い位置に立ちたくて、自分にできることなら何でもした。

学生時代の大司は頭が良くて運動も得意で、先生からも信用があって、当然女子にも人気があった。言ったことはきちんと実行するし、約束も必ず守って口が堅かったから、同性からも頼りにされて。──一目置かれる。そんな言葉がよく似合う存在だった。

常にたくさんの人に囲まれ、愛想も良く、揺るぎない自信を持っているように見えたけれど、佳人は大司の中に固く閉ざされた壁を感じ取っていた。その壁を越えた向こうの、隠された彼の本来の姿が知りたくて、ゆっくりと時間をかけて信頼関係を築き上げた。

大司が初めて佳人に本心を見せたのは、確か中学二年の終わり。生徒会の中で派閥《はばつ》ができてゴタゴタして、最後には大司ひとりが悪者にされたときだ。

神経を磨り減らして、でも弱音も吐けずにひとりで耐えていた大司に、佳人ができたことは黙って傍にいることくらいだった。

大司が何か言いたくなったとき、それがどんな言葉でも受け止めよう。それだけを心に決めて傍にいた。ふたりきりになった放課後の生徒会室で「俺と一緒にいると、お前も悪者にされるぞ」なんて脅されても気にしなかった。大司君と一緒にいたいだけだよと、本心から伝えると、彼はふいに涙ぐんだ。

その頃からすでに佳人より頭半分も大きかった大司の肩にそっと手を置くと、学生服の厚い生地の下で、かすかに身体が震えていた。手のひらに緊張感と悲しみを受け止めながら、佳人はようやく彼の気持ちに近づけた喜びを感じていた。

それから大司は、佳人にだけ本音を聞かせてくれるようになった。それがどんなにネガティブな感情でもわがままでも、佳人は黙って受け入れた。好きな相手から頼りにされていることが嬉しかったからだ。

けれどそうやって際限なく大司を受け入れた結果が、あのひどい別れかと思うと、佳人の中に生まれた誇らしさはたちまちくずれてしまう。

今は意地になって通ってきているだけで、やがて愛想を尽かすかもしれない。佳人が受け入れたとたん飽きてしまうかもしれない。つき合い続けているうちに『やっぱりお前はつまらない奴だ』と言い出すかもしれない。

相手が同じなのだ。だからまた同じ過《あやま》ちをくり返すかもしれない。――それが怖い。

「いったいどうすればいいか、誰か教えて…」

そんな佳人の迷いに一応の決着がついたのは、その翌日だった。

記憶が戻って以来、明らかに食欲が落ち、顔色も悪い佳人を心配していた圭吾は、ちょうど夕飯時にのこのこと現れた藤堂に気づいて、おもむろに立ち上がった。

どうしたのかと問う佳人に、そこにいなさいと言い残し、圭吾はキッチンを出て風呂場《ふろば》へ行き、それから玄関へ向かった。

何をするつもりなのかと、佳人が席を立った瞬間、

「いいかげんにしろ！」

怒鳴り声とともに水音が響きわたった。

「兄さん…！」

驚いて廊下に飛び出し、玄関先でバケツを手に仁王立《におうだ》ちしている兄に駆け寄った。憤然としてドアを閉めようとしている兄の腕を押さえて外を見ると、びしょ濡れの藤堂が呆然とこちらを見返していた。

「佳人、手を離して中に入りなさい」

「兄さん、何もあそこまでしなくても…」

「お前に応える気がない以上、いいかげん決着をつけてやらないと彼のためにもならない」

濡れた腕を拭いながら渋い顔で宣言する圭吾の言葉に、足を縫いつけられてしまった。

「——…」

「望みはないと、はっきりわからせてやった方がいい場合もある。佳人も、彼にふり回されて悩むのは終わりにしなさい。お前はもう充分苦しんだだろう」

やさしい兄の声と温もりが、その場を飛び出し藤堂のもとに駆けつける勇気を奪っていく。

ドアノブを握りしめたまま玄関に立ち尽くす佳人の視線の先で、藤堂は諦めに押されたようにゆっくりと背を向けた。肩を落とし、ずぶ濡れのまま去っていく男の後ろ姿を、佳人は見送ることしかできなかった。

そして翌日。

真夜中を過ぎても藤堂が姿を現さないとわかったとき、佳人は初めて激しく後悔した。

——どうしてあのとき、あとを追わなかったんだろう。

「やっと諦めたか」

追い打ちをかけるような兄の言葉に動揺して、佳人は庭に出た。クライアント用のアプローチへ回り、小さな門扉越しに南の車道をのぼってくるヘッドライトを探す。皆が寝静まった真夜中、丘の下の国道を行き交う車も少ない。見上げれば十二月の寒空に星が瞬いている。吐く息の白さに、藤堂はこんなに寒い中を毎晩通ってきてくれていたのかと思い至り、胸が痛くなった。

——本当に諦めてしまったのだろうか。


見捨てられた事実を認めたくなくて、必死に他の理由を考えた。何か事故に遭ってこられないのかもしれない。病気になったのかもしれない。

……ちがう。やっぱり僕に愛想を尽かしたんだ。凍りつくような寒い夜に水をかけるような兄と、それを止めもしなかった弟。嫌いになるには充分な理由だ。でも……。

冷え切った門を握りかけ、あまりの冷たさに手を離す。赤くなった指先を見て、みじめさにこぼれそうになった涙をこらえた。

翌日も、深夜まで待ったにもかかわらず、藤堂は現れなかった。門の前で待ち続けていた佳人は唇を噛みしめた。

見捨てられた。愛想を尽かされた。

これまで散々藤堂を無視してきたくせに、自分が同じ目に遭ったとたん、苦しくて仕方がない。

「僕は、ばか…だ…」

あんなに毎日逢いにきてくれたのに。

彼に誠意がないわけじゃない。僕に信じる勇気がなかっただけだ。

確かに六年前、大司のせいでひどい目に遭った。思い出すだけで今でも息が止まりそうになる。だけど、ひどい仕打ちを受けたからと言って、相手に同じことをしていい理由にはならない。好意を寄せたひとに手ひどくふり払われる辛さは、嫌というほど思い知っていたのに。

佳人が受けた傷と同じ傷を藤堂が負えば、それで満足できるのか。佳人の傷が癒《い》えるのか？　そんなことはない。

毎晩、肩を落として去っていく男の背中を見送りながら、佳人の胸は過去を思い出すときよりも痛みを訴えていた。

兄に水をかけられ刺すような冷たい風の中に立ちすくみ、佳人の言葉を待ち望んでいた藤堂の顔に浮かんだ表情は、六年前、彼にふられたとき佳人が浮かべたものと同じだったかもしれない。

「――ん…。ごめ、ん…」

ごめんなさい藤堂さん。どうか、許して。

冷たい門を握りしめ、佳人は胸の中で謝罪した。安全に守られた場所から出ていく勇気と、もう一度恋をすることで傷つく覚悟がなかったせいで、貴方を苦しめた。そしてこのまま二度と逢えなくなるかもしれない。

それだけは嫌だ。

藤堂は拒絶されることを覚悟の上で、佳人の前に再び現れてくれた。かけ違えたボタンを、かけ直すために。

それと同じ勇気を自分も持ちたい。

六年前とは違う、いつでも佳人を優先してくれたやさしさと誠実さを信じる勇気を。

「…佳人。風邪を引くから中に入りなさい」

心配して出てきた兄の声にふり向いて小さくうなずきながら、佳人は決意していた。

名刺に会社の住所があった。明日、逢いに行こう。自分から。


圭吾が仕事のためにカウンセリング室に入ったのを見届けて、佳人はこっそり家を出た。六年間、ゆりかごのように守ってもらった庭を横切り、門を開けて外へと踏み出す。

少し震えている膝を手のひらで撫でてから、てくてくと坂を下って駅へ向かう停留所に立ち、六年ぶりにひとりでバスに乗る。料金の支払い方法が変わっていて少し戸惑ったけれど、平日の昼間のせいか、乗客は病院通いらしい老人が多いことに救われた。

駅に着き、バスをおりたとたん目を回しそうになる。携帯を持っていないので公衆電話を探した。ずいぶん数が減ったなと思いながら、百円玉を一枚入れて藤堂の会社の電話番号を押す。呼び出し音が鳴っている間、横を通り過ぎた大柄な男性にびくついて受話器を取り落としそうになった。

『はい、大共《だいきょう》印刷広報《こうほう》部一課の三浦《みうら》です』

「こ、こんにちは、鈴木と言います。あの…藤堂大司さんをお願いします」

『藤堂は本日お休みをいただいております。失礼ですがどういったご用件でしょうか』

音声ガイダンスのようになめらかな受け答えに戸惑いながら、佳人はなんとか自分が藤堂の高校時代の友人であり、連絡を取りたいということを告げた。田舎から出てきた元同級生という関係に気を許したのか、相手の声が少しだけやわらかくなる。

『ええと実は藤堂、一昨日《おととい》入院しまして』

「え…！」

『大丈夫です、命に別状はありません。ええと入院先は信濃町《しなのまち》の大学附属病院です』

病院名と簡単な道筋を教えてもらい、佳人は礼を言って電話を切った。

成り行きに戸惑いながら切符を買い、上りの電車に乗り込んだ。途中でJRに乗り換え、品川《しながわ》で山手線《やまのて》に、代々木《よよぎ》で総武《そうぶ》線に乗り換える。

人込みに圧倒され、傍若無人《ぼうじゃくぶじん》にぶつかっては無言で去っていく人の多さに気圧《けお》される。

体格が良くてガラの悪い男たちの姿におびえ、煙草と特有の香水の匂いに、暴行の記憶を刺激されて震えが止まらない。緊張と恐怖で目眩を起こしてへたり込みそうになりながら、なんとか病院にたどり着いたときには、家を出てから四時間近くが経っていた。

「藤堂大司さんは本日午前中、退院しました」

受付で告げられた言葉に、彼の無事を確認できてほっとした半面、焦りを覚える。

「あの、藤堂さんの自宅住所は…？」

「こういった場所では、個人情報はお教えできない決まりになっているんですよ」

確かにそうだ。納得して引き下がったものの、ではどうすれば彼に会えるのか。

佳人はもう一度、藤堂の会社に電話をしてみた。今度はさっきとは別の人が出た。少し冷たい感じの女性で、佳人が藤堂の住所を教えて欲しいと告げると、

『社外の人間に個人情報をお教えすることはできません』

きっぱりとはねのけられる。高校時代の友人ですと言っても通じない。

「携帯の番号は…」

『社で使用している物は休みの間、社に保管されます。おかけになっても繋がりません』

にべもない。さっき出たやさしい感じの男性に代わって欲しいと思っても、動転しているせいで名前を思い出せない。諦めて、病院の公衆電話を離れ、とぼとぼと駅に向かいながら佳人は途方《とほう》に暮れてしまった。

見上げた空は、すでに夕暮れ。

このまま逢えなくなってしまうのだろうか。

兄なら、藤堂の自宅住所や電話番号を知っているかもしれない。けれど簡単に教えてくれるとは思えない。藤堂からの接触がこのまま途絶えてしまえば、本当に二度と逢えなくなるかもしれないのだ。

「そんなのは…嫌だ」

藤堂は、佳人とは較べものにならないほど多くの人々と日々顔を合わせている。

明日にでも佳人より好きな相手ができるかもしれない。今この瞬間にも、他の誰かに興味を移し、

佳人のことなど忘れてしまうかもしれない。

恋した者の焦燥感。じりじりと焼けつくような独占欲。今すぐ逢って顔を見て、声を聞いて心を知りたい。――手遅れになる前に。

佳人は顔を上げ、人込みの恐怖に耐え、萎《な》えた足をひきずりながら夕方のラッシュが始まった電車へ乗り込んだ。名刺の住所を頼りに交番で道を訊ね、なんとか藤堂の会社にたどり着いたときには、すでに日暮れて、ビルの谷間に吹きつける風が驚くほど冷たくなっていた。

はためくコートの襟元を押さえながら、高級ホテルの入り口のようにライトアップされたエントランスで佳人は立ち往生《おうじょう》してしまった。建物の正面は総ガラス張りで、中の様子や受付カウンターは見えるものの、出入りにはIDカードが必要らしかった。

佳人の見ている前で、きりりとスーツを着こなした人々が、まるで駅の自動改札を通り抜けるようにさりげなく、手にしたカードをドアの一部にかざして通り抜けていく。

聞くまでもなく部外者は立ち入り禁止と言われているようだ。疎外《そがい》感に苛《さいな》まれながら、なんとか声をかけようとうろうろしていると、ドスンと大きな身体がぶつかってきた。

「すみません！　大丈夫ですか」

よろけて石畳《いしだたみ》の上に倒れ込んだ佳人に、野太い声とごつい手が差し出される。上からのしかかってくる大きな影が怖くて息を飲み、首を左右にふりながら後ずさると、相手は気分を害したようだった。

「なに？　謝ってるのにその態度」

「ちが…」

地面についた手のひらに小石が食い込んでひどく痛んだ。それ以上逃げることも立ち上がることもできなくて、佳人は泣きたくなった。心細い。助けて欲しい。

「誰か……、大司、藤堂さん…！」

救いを求めて名を呼んだ。そのとたん、

「佳人…？　佳人！　どうしたんだ」

佳人の願いに応えるように、小山のような男の背後から、頼もしい声と影が駆け寄ってきた。

「藤堂…さん――…！」

奇跡のように目の前に現れた長身の男にすがりつきしがみつき、抱き寄せられたその胸の温かさと腕の力強さに心底安堵して、佳人はここがどこかも、人前であることも忘れて、不覚にも涙をこぼしてしまった。

「佳人、どうやってここまで…」

頭上から落ちてくる戸惑い声にくじけそうになる。それでも抱き寄せてくれる腕の強さに勇気をふりしぼり、佳人は男の胸に向かってささやいた。

「逢いたかったんだ」

「それは…」

「好きだから、逢いにきた…」

藤堂にしか聞こえない小さな声で。

それでも佳人はしっかりと自分の気持ちを告げたのだった。


告白と同時に、一日中強《し》いられていた緊張の糸がついに切れたのか、そのあとの記憶はあいまいになった。頭上でタクシーを呼び、同僚《どうりょう》へ説明している藤堂の声を呆然と聞きながら、佳人は「二度とこの男《ひと》を離すものか」と必死でコートにしがみついていた。

『腕を折ってなけりゃ抱き上げてるのに』

そんなささやきを聞いた気もする。

『逢いにきてくれてありがとう』

言葉とともに髪を撫でられたのは、タクシーに乗り込んでからか、それともまだ会社のエントランスだったろうか…。

『嬉しいよ。本当にありがとう…』

感極《かんきわ》まった言葉とともに唇をふさがれたのは、暖かくてやわらかいベッドの中だった気がする。

キスだ…。そう思ったとたん安堵のあまり涙があふれる。同時に驚いて息を飲む音と、温もりが離れていく気配がして、佳人はあわててすがりついた。

嫌だ。もうどこにも行かないで…！

そう叫んだつもりなのに、口から出たのはうわごとに近い舌足らずなうめき声。

『……佳人。俺を許してくれるのか？』

おそるおそる身を戻し、訊ねてきた声を抱きしめて佳人はうなずいた。僕の方こそごめんなさいと言いたいのに、唇も舌もよく動かない。両目も涙でにじんでほとんど見えない。

『ずっと謝りたかった。どれほどお前を傷つけたか…、俺は、…ずっと』

——本当に大切な人だったのに……。そのことに、失くしてから気がついた。

耳元でささやかれた悲痛な声に、以前夜景を見ながら聞かされた告白が重なって、佳人はようやく気がついた。

なんだ…。藤堂さんの「大切な人」って、僕のことだったんだ。……なんだ、そうか。

嬉しくて胸が痛くて、新しい涙があふれ出たけれど、今度は藤堂も離れていかなかった。

‡

新年を数日後に控えた冬の庭。

夏のこんもりと茂った葉の緑が消えたあとでも、佳人の庭はやさしく息づいていた。

クロッカスに似たステルンベルギアの黄色い花が小さく咲きほこる一角があり、その横ではパンジーが賑《にぎ》やかに花弁を広げている。少し離れた場所には寒椿《かんつばき》と山茶花《さざんか》が白と赤の蕾《つぼみ》をふくらませて咲きどきを待ち、落葉樹の根元には萌木檜葉《もえぎひば》が葉を広げて、寒々しくなりがちな冬の地面を濃い緑色で覆っている。

「あのときは本当にびっくりした」

冬の日だまりの中で正月観賞用の寄せ植えの準備を手伝っていた藤堂は、鉢を手渡しながらぽそりとつぶやいた。

「三浦から『せっぱつまった感じの友達から電話があったぞ』って連絡もらって、あわてて会社に行ってみたら……――」

三浦というのは、佳人がかけた電話を最初に受けた、やさしそうな男の人のことだろう。

佳人は心の中で彼の親切に感謝しつつ、受け取った福寿草《ふくじゅそう》の株《かぶ》をそっと鉢におろし、形を整えながら答えた。

「僕だってびっくりした。入院したって聞いて、このまま二度と逢えなくなったらどうしよう…って」

「二度とってことはないだろ。風邪と骨折と脳震盪《のうしんとう》だったんだし。…その白いのは何？」

「あのときはそんなこと判らなかったから。…これは遅効性《ちこうせい》肥料」

あの夜、自分がどれほど泣きじゃくったか思い出して赤くなった頬をうつむいてごまかしながら、佳人は最後のひと株をきれいに植え替えてコンテナにまとめ、小さなビニールハウスへ移動した。左腕を骨折している藤堂には、スコップや肥料の袋などを片づけてもらって作業を終える。

「お疲れさま。手伝ってくれたお礼に夕飯、食べていって」

「あ…。うーん」

返事が芳《かんば》しくないのは、兄の圭吾との同席を苦手に思っているからだ。

圭吾は佳人の望みを尊重して、藤堂が再び鈴木家に出入りすることを許してはいるが、歓迎するつもりはないらしい。佳人が目を離した隙をねらって、チクリチクリと嫌味を言ったりしている。

予想以上の兄ばかぶりを発揮している圭吾を、佳人は責めることはできない。

それだけ心配をかけたのだ。

「兄さん、今夜はいないから…」

教えてやるとあからさまにほっとした様子の藤堂を見上げて、申し訳なく思う。

一カ月、毎日佳人のもとへ通い続けた疲労と、水をかけられて悪化した風邪、その風邪の熱で朦朧《もうろう》として転んだ結果の骨折。

さすがの藤堂にもやつれが目立つ。少し削げた頬に手を伸ばし、

「ごめんなさい…」

僕のせいで、と言いかけてさえぎられる。

「謝らなくていい。佳人が悪いことはひとつもない」

ささやきとともに引き寄せられた。

そんなふうに肯定《こうてい》されると少しこそばゆい。そのまま自由になる右手で強く抱きしめられ、やさしくおりてきたキスを受け止める。

残照《ざんしょう》を受けて杏色に染まる庭で、ふたつの影が重なる。

これまで佳人が守り育て、そして守られてきた小さな聖域への侵入者は守護者に変わった。

唇が離れた瞬間、吐息とともに『抱いていいか』と許しを求められ、少しだけ震える。

「まだ怖い？」

「ん…」

返事とは裏腹に佳人は男の胸元に顔を埋《うず》め、まだ慣れない甘えたしぐさで目を閉じた。

「僕を抱いたら、兄さんにまた水をかけられるかもしれないよ？」

「構わない」

「そんなふうに甘やかしたら、僕はわがままになるかもしれない…」

「いくらでもわがままを言っていい。これから佳人がどんなふうに変わっても、俺は二度とお前を傷つけない」

――誰よりも大切にする。

誓《ちか》いの言葉を告げる男に、佳人は自分からそっと唇を重ねた。

まだ残っている不安をふり切るために、勇気を出して、少しだけ背伸びをして。

ツートン・ハート

傲慢《ごうまん》で思い上がっていた二十歳《はたち》の初秋。

藤堂大司《とうどうたいし》は鈴木佳人《すずきよしと》が入院したと、彼の兄から連絡をもらった。

ほんの二日前まで、名前のみとはいえ恋人だった相手だ。友人としてのつき合いなら八年に及ぶ。

二日前、目黒《めぐろ》のマンションの扉《とびら》の前で心ない言葉を叩きつけてひどい別れ方をしたことに、ごまかしようのない後味の悪さを感じていた大司は急いで病院へ向かった。胸に、予感がある。

——入院の理由は俺に関係があるかもしれない。

手首から伝わる血。白い錠剤《じょうざい》が散らばるベッド。ぐったりと横たわる蒼白《あおじろ》い顔……。

項《うなじ》のあたりが収縮《しゅうしゅく》するような嫌《いや》な予想は、頭をひとふりすることでなんとか追い払える。その代わり自分に対する当てつけのように入院した元恋人への、理不尽《りふじん》な怒《いか》りが生まれた。

いや、裏切られたという驚きの方が正しいかもしれない。

中学一年で出会い、級友、親友、そして恋人と、つき合う度合いは深まり、その間佳人は自分という存在を誰よりも受け入れてきてくれた。多少の無茶やわがままを言って意見がぶつかっても、それが倫理《りんり》的に道を外れることでない限り、最終的に佳人の方が折れるのが常《つね》だった。

吹く風をあしらう柳《やなぎ》の枝のような柔軟さは忍耐強いという以上に、何をされても我慢できるくらい大司のことが好きだったからだろう。

——その佳人が、俺に迷惑をかけるような真似《まね》をするわけがない。あいつは、ふられたからといって当てつけがましく自分を傷つけて相手の同情を引くような、そんな思考回路は持っていないはずだ。ただの事故による怪我《けが》という可能性もある。そう己《おのれ》に言い聞かせてみても、苛立《いらだ》ちに似た胸の不安は消えなかった。

急《せ》いた気持ちで病院へ駆けつけ、扉の前で乱れた息を整える。ノックをすると憔悴《しょうすい》した様子の圭吾《けいご》が顔を出し、よくきてくれたねと力なく微笑《ほほえ》んだ。圭吾は佳人の兄だ。中高時代、彼が地元に帰郷《ききょう》したとき何度か会ったことがある。歳《とし》が十も離れていることと早くに両親と死別したせいもあり、昔から仲のいい兄弟だった。

病室は意外にも個室だった。四畳《じょう》程度のこぢんまりとしたスペースとはいえ、中高生時代も進学のために上京してからも、ずっと質素な暮らしを心がけていた佳人には不似合いな感じがする。単に相部屋の空きがなかったのか、それともよほど具合が悪いのか。

入り口から枕元まで三歩。その数瞬でいくつか理由を思い浮かべながら、大司はベッドをのぞき込み、白い寝具《しんぐ》に溶けてしまうような儚《はかな》さで昏々《こんこん》と眠る佳人をひと目見て、後者だと確信した。

落ちくぼんだ眼窩《がんか》、荒れた唇《くちびる》。古びた布のようにかさついて血の気のない頬《ほお》や額《ひたい》に貼られた大きな絆創膏《ばんそうこう》。そこからはみ出た擦過傷《さっかしょう》の赤色が痛々しい。

ひどい外傷は左脚の骨折だけだと聞いて、思わずほっと力が抜ける。しかし続けて、長時間冷たい沢に浸《つ》かっていたせいで肺炎《はいえん》になりかけていると告《つ》げられ、一気に疑問が湧き上がった。

「どうして沢なんかに…」

佳人の眠りを妨《さまた》げないよう病室を出て、圭吾に案内された人気《ひとけ》のない談話室で大司が訊《たず》ねると、

「あの子は…」

圭吾は質問には直接答えず、談話室の背もたれのない四角いソファに腰をおろすとわずかに口ごもり、顔半分を手で覆《おお》いながらきしむような声を出した。

「――…ここ数日中に複数の人間から性的暴行を受けてる」

「え…！」

弟を襲った災難の理不尽さに、口元を覆う指先を悔《くや》しさとやり場のない怒りに震わせている圭吾を呆然《ぼうぜん》と見つめ返しながら、大司もまた強い酸を浴びたような衝撃によろめいた。

「どうしてそんなことに」

大司のつぶやきに、圭吾は「わからない」と悔しそうに首を横にふった。

治療中、佳人は何度か目を覚ました。けれど記憶が混乱していて自分がどんな目に遭《あ》ったのかよく理解できていない。さらに検査の結果、国内では違法とされるセックスドラッグ類を使われていることがわかった。たぶん錠剤と、それから粘膜に直接塗布《とふ》された形跡がある。

弟を傷つけられた怒《いか》りと悲しみに声を震わせる圭吾の言葉が、大司の胸に強い自己嫌悪《けんお》を呼び覚ました。二日前、マンションの扉の横に座り込んでいた佳人の姿が脳裏《のうり》によみがえる。

そういえば、ひどく疲れた様子だった。頬と手首には擦過傷があった。顔色も悪かった。泣き腫《は》らしたあとなのか眠れなかったのか、目も赤かった。通路を照らす蛍光灯の下、足下に落ちる影まで薄

く見えるほど消沈《しょうちん》した姿の理由を、単に転んだとかケンカに巻き込まれたせいだと決めつけて労《いたわ》りの言葉ひとつかけてやらなかった。

――あのときすでに暴行されたあとだったとしたら……。

身も心も傷ついていたはずの佳人を自分は何と言って追い払ったか。己の薄情《はくじょう》さに呼吸が止まる。

「いったい誰が」

大司は渦《うず》巻《ま》く怒りの矛先《ほこさき》を犯人に向けることで、自己嫌悪の鋭い顎《あぎと》を一時的に逃《のが》れた。唇に拳《こぶし》を当て、そのまま目まぐるしく暴行犯について考え始める。

佳人は地味で目立たない学生だ。誰にでも人当たりがよく、親切で、昔から並んで歩いていても、道を訊ねようとする老人や子どもが声をかけるのは決まって佳人の方だった。

言葉を交わすだけで、夏の日に清涼な滝の下に立つような、ふっと深呼吸したくなる、そんな安らいだ雰囲気《ふんいき》をもった存在だ。決して自分から他人の恨《うら》みを買うような人間ではない。

――どちらかと言えば、俺の方がよほど恨みを買いやすい。

思わず自嘲《じちょう》した瞬間、脳裏に浮かんだのは、自分を会員勧誘に利用していた学生コンパや会員制パーティの企画運営グループの面々だった。

俳優のような精悍《せいかん》な容貌《ようぼう》、長身でスタイルが良く実家は資産家という大司の存在は、女子学生を勧誘するにはもってこいだったらしく、『特別会員』という名目で、彼らが主催《しゅさい》するパーティならどこのクラブでも無料で利用できた。他にも女性にとって好条件のそろった男は何人かいたようだが、大司が顔を出すと約束しただけでパーティチケットにはプレミアがつき、その額は彼が一番多かった。

しかし彼らが企画したイベントで非合法すれすれの怪しげな薬が流通し、それによって暴利を貪《むさぼ》っているというきな臭い噂《うわさ》を耳にした大司は、他人を食い物にして金を稼《かせ》ぐという汚いやり口に対して腹を立て、『特別会員』という恩着せがましい立場を捨てた。ついでに主催者たちへかなり辛辣《しんらつ》な嫌《いや》味《み》もぶつけてやった。最初は何とか思い留まらせようと歯の浮くお世辞《せじ》を並べ立てていた主催者も、大司の軽蔑《けいべつ》し切った態度にプライドを傷つけられたのか、最後は『俺たちに逆らえばどんな目に遭うか、必ず思い知らせてやる』という捨て台詞を吐き捨てて去っていった。

「まさか…」

はっとして顔を上げると、

「何か心当たりがあるのかい？」

わらにもすがる面持《おもも》ちの圭吾と目が合う。さすが兄弟だ、目尻や眉の柔和《にゅうわ》さが佳人によく似ている。

湧き上がる後ろめたさに耐え切れず、大司は圭吾から目を逸《そ》らしてうなずいた。

「…あります」

負け犬の遠吠えだと思っていた彼らの逆恨みの矛先が、自分ではなく佳人に向けられたとしたら。

奴らの前で、佳人を誰よりも大切な恋人として扱ったことがある。ほんの気まぐれで三日も続かなかったけれど。それが原因で佳人が奴らに狙われたということは充分考えられる。

「そうか。僕もできる限り協力する。なんとしても犯人を探し出して相応の罰《ばつ》を与えたい」

大司の肩に手を置いた圭吾の声には、期待と懇願《こんがん》そして必死さがにじんでいた。

面会時間の終了とともに病室を出ようとしたとき、もう一度声をかけられた。

「弟はいつも僕に、君が一番大切な友人だと言っていたよ」

君ならきっと佳人を助けてくれる、信じていると続けられ、大司はそれ以上耐え切れずあいまいにうなずいてから、逃げるように病院をあとにした。駐車場まで走って戻り車に乗り込むと、携帯を取り出して、佳人が暴行を受けたと思われる日の履歴《りれき》を確認する。三日前。たしかあの日は珍しく佳人からメールがあった。けれど送信元を見ただけで中味は読まずに放っておいた。いったい佳人は何を言ってきたのだろう。……確認するのが怖い。

――君が一番大切な…。

圭吾の静かな声が耳の奥でよみがえる。その一言で、逃れようとしていた自己嫌悪にあっけなく捕まった。同時に手足が痺れるような後悔に襲われて、思わずまぶたを強く閉じる。

「……クソ…ッ」

佳人を傷つけた暴行犯たちを捕まえることができれば、この胸くそ悪い自責の念は消えるだろうか。

覚悟を決めて閲覧《えつらん》ボタンを押すと、画面に『助けて戸山《とやま》公園』という短い一文が現れた。

ドットで形成された単語から押し寄せる非日常的な匂いに、血の気が引く。

大司は着信時刻を確認すると同じ時間帯に戸山公園へ行き、常連らしい人々に二日から四日前の様子を聞いた。そこで佳人と例のイベント主催グループらしい目撃談を得た瞬間、疑いと不安は確信に変わった。佳人はここで奴らに絡まれ、危険を感じて大司にSOSを出した。そしてその後どこか――たぶん暴行現場――へ連れていかれたのだ。メールをもらったときすぐに駆けつけていれば、助けられたかもしれない。いや、無理だ。あの日は六本木《ろっぽんぎ》にいた。どんなに急いで駆けつけたとしても佳人と暴行犯たちは去ったあとだ。きっと間に合わなかった。

「だけどせめて連絡を入れていれば、何かちがう展開になってたかもしれないじゃないか…ッ」

心の中で言い訳を垂《た》れ流す自分のずるさに向けて、大司は吐き捨てた。

手の中の携帯画面は声なき悲鳴を発している。二度と戻らない、やり直しの利かない過去から救いを求められてももう遅い。――遅いのだ。

握りしめた拳でドアを数回叩いてから、せめて今できることをするしかないと画面を閉じ、大司は半月前に絶縁《ぜつえん》したばかりのグループリーダーに連絡を入れた。もちろん嘘《うそ》だが、金が欲しいからもう一度仲間に入れて欲しいと、せっぱ詰まった調子で訴えるとわりとすんなり信じたようだった。性根《しょうね》の卑《いや》しい人間は、自分と同じようなさもしい人間を信じやすいのかもしれない。それに、佳人が助けを求めて送信したメールを大司が無視したことが、逆に彼らの同族意識に訴えたらしい。

その日のうちに彼らの溜まり場に顔を出した大司は、そこでメンバーのひとりが自慢げに、

『リーダーが本人に仕返しするより効果的だって言うから、あの鈴木って奴にちょっかい出したんだけど当てがハズレたよな。あんた、あいつのメールも無視するし、さっさとオレらと縒《よ》りを戻すし。鈴木ってやつも犯《や》られ損《ぞん》だな。ま、おかげでオレたちはいい画像が手に入ったけどさ』

佳人の顔は地味だが整っている。レイプビデオを裏の流通に乗せればいい小遣《こづか》い稼《かせ》ぎになるだろう。

そう言って笑うのを聞いた瞬間、そいつの顔に反吐《へど》をぶちまけたいほどの怒りに襲われた。胸で弾《はじ》けた怒りは大司の全身を駆けめぐり、思わず握りしめた拳を震わせた。しかしビデオのマスターを取り戻すまではへたに騒ぎ立てるわけにはいかない。何としても流出する前に取り戻さなければ。

自制心を総動員しながら彼らに迎合《げいごう》すること三日。連日催《もよお》されるコンパやクラブイベントに駆り出されるせいで寝不足気味だが、意地でも授業には出席して、そのあと佳人の見舞いに行く。

面会謝絶の札がおりた扉を小さくノックすると、昨日は圭吾が迎え出てくれたのに今日は返事がない。ためらいつつ把手《とって》をつかんで横に引き、静かな病室に足を踏み入れると同時に、

「…兄さん？」

寝起きのように頼りないかすれ声が聞こえて、大司はぎくりと立ち止まった。

初日と違いベッドと入り口の間には衝立《ついたて》が置かれ、ドアを開けても直接病人の姿が見えないよう配《はい》慮《りょ》されていた。カーテンが閉められ、照明も点いていないせいで室内には淡い影が満ちている。

「……誰？」

もう一度、今度は明らかなおびえ声で訊ねられ、大司はあわてて衝立を回り込んで顔を見せた。

「俺だよ、佳人」

安心させるつもりで告げた言葉が佳人に与えた影響は、こちらの予想を遥《はる》かに超えていた。

「だ…れ？　ぃ……いや…！　嫌だ、こっちにくるな……ッ！」

ふるふると首をふりながら、ベッドの上を必死に後ずさろうとする佳人の瞳は恐怖で焦点が揺らぎ、両手がすがるものを探すように空をさまよう。熱があるのだろう、額や首筋が汗で濡れている。

寝起きで目がよく見えないのだと思い、大司は右手を差し出しながらやさしくささやいた。

「佳人。俺だよ、大司だ」

返事の代わりに飛んできたのは枕だった。次に花瓶《かびん》、ティッシュボックス、薬の袋、コップ。手当たり次第に投げつけられた物のいくつかは、大司ではなく壁に当たって派手な破砕音《はさいおん》を立てた。

「佳人、どうした！」

異変に気づいて飛び込んできた圭吾に突き飛ばされ、はずみで左手に持っていた紙袋が床に落ちる。派手に倒れた袋の口から、見舞い品の携帯ゲーム機とソフト、漫画に小説、新作映画のＤＶＤが数本とポータブル再生機、それから迷った挙《あ》げ句《く》に買ってきた小さな花束が床に散らばった。

大司は壁に背を預け、ベッドの端《はし》からずり落ちる寸前で、顔色を変えた兄に抱き止められた佳人がおびえる様子を、信じられない思いで見つめた。

「兄…さん、知らないひとがいる！　追い出して…ッ、僕に近づけないで…――!!」

うわずった震え声は一言ずつ大きくなり、最後には悲鳴のような激しさで侵入者を拒絶する。忙《せわ》しない呼吸とすすり泣き、佳人が感じている恐怖の波動が壁際《かべぎわ》まで押し寄せる。

「大司君、すまないが出ていってくれ」

圭吾の叱りつけるような声でようやく我《われ》に返った大司は、「早く、姿の見えない場所まで離れてくれ」という言葉に急き立てられ、よろめきながら部屋を出ると、そのまま通路の突き当たりの柱の陰に立ち尽くした。

――知らないひとがいる……！

佳人は確かにそう言った。大司の顔をしっかり見て、こぼれそうなほど大きく両目を広げ、『知らないひと』と。演技でも意地悪でもない。心底おびえていた。

――いったい彼に何が起きたのか。

ナースコールで駆けつけたらしい看護師が病室に入るのを呆然《ぼうぜん》と見つめながら、大司は圭吾が戻ってくれるのを待った。やがて、三十分ほどして部屋から出てきた圭吾が難しい顔で近づいてきた。

「すまないが、僕の許可なく佳人に会うのは控えてくれないか」

意識が戻って以来、佳人は同性に対してひどい拒絶反応を示している。それに記憶も混乱している。複数の男たちにレイプされた後遺症《こういしょう》であることはまちがいないが、他にも何か理由があるかもしれない。はっきりしたことがわかるまで、そして佳人が落ち着くまで見舞いは遠慮してくれ。その代わり犯人探しに全力を尽くして欲しい。

そう言って頭を下げられてしまえば従うしかない。

佳人に知らないひとと扱いされたことがどうにも気になって仕方がなかったが、記憶が混乱しているせいだと無理やり自分に言い聞かせ、大司は嫌な予感をふり払った。

犯人グループを油断させるために思い切り低俗《ていぞく》な人間を演じて一週間。

身内での扱いに不満をもっていた坂田《さかた》というメンバーを言いくるめ、ようやく非合法ビデオの編集現場を突き止めることができた。リーダーを通さずこっそり案内してもらったマンションの一室は、壁の両脇にダビング用機材が所狭しと積み上げられ、その奥でかったるそうに作業している金髪男がひとりいるだけだった。坂田に進行状況を確認された金髪が、「予定は遅れてる、もうひとりくるはずがバックレやがった」と愚痴《ぐち》るのを聞きつけて、大司が手伝いを申し出ると、よほど作業に辟易《へきえき》していたのか、疑うことなく未編集データの山と機材の使用手順を教えてくれた。

記憶メディアには日付と簡単なシチュエーションがメモされた付箋《ふせん》が貼られている。大司は佳人が襲われたはずの十日前の日付を探し出した。

「あ、それ。この前撮ったやつ。男なんだよなー。リーダーは売れるっつーけどホントかよ。オレあんま見たくねーから編集あと回しにしてたんだ。あんた、ちょうどいいからやっちゃってよ」

頭の悪そうな指示に素直に従い、大司は中味を確認するためメディアを再生機にセットした。

モニタに浮かび上がった佳人は最初からほとんど無抵抗だった。服を剝《は》ぎ取られ下着も奪われ、脚を大きく広げられても、両手は雲をかくようなしぐさをくり返すばかりで、アップにされた表情も視点が定まっていない。ひと目で酒か薬を飲まされているのがわかる。モニタの中、剝《む》き出しにされた佳人の股間《こかん》に潤滑剤《じゅんかつざい》が垂らされ強姦者のペニスが押しつけられた瞬間、大司の中で何かが弾けた。全身を駆けめぐる血が一斉《いっせい》に、数万の微細な針となって飛び出したような痛みと熱さ。怒りと後悔。

佳人に罪はない。彼には何も落ち度がないのに。合意もなく他人の性器を体内にねじ込まれていく。

こんなに理不尽なことがあるか。こんなに理不尽なことが許されていいわけがない。

「止《や》めろ」と叫ぶ代わりに、大司は問答無用でメディアを再生機から引き抜いた。

「何す……ッ！」

後ろからのぞき込んでいた坂田が驚いて伸ばしかけた手を叩《はた》き落とし、ひるんだ隙《すき》に裏拳でこめかみを強打して背後の棚に蹴り飛ばす。衝撃で棚から落ちた機材の直撃を受けて床に倒れた坂田のポケットから、大司はすばやく携帯を取り上げると、細長い部屋の奥であわてて仲間を呼び出そうとしている金髪男の顔めがけて投げつけた。避《よ》け切れず顔面に通信機の直撃を受けてよろめいた金髪に、肩からタックルをして壁に突き飛ばし、投げつけた坂田のものと一緒に携帯を取り上げ、さらに細長い部屋の奥から手当たり次第、左右に置かれた棚の編集機材を床にぶちまけていく。中には一台数十万というハードもあるだろうが気にしない。

コードがちぎれる音とモニタが割れる破砕《はさい》音に、金髪男と坂田のうめき声がまじる。その背中にさらに液晶モニタやモデムを投げつけ、存分に室内を荒らしてから出口にたどり着くと、大司はふたりの男が起き出さないか見張りながら警察に通報したあと、圭吾にも連絡を入れた。それからポケットに入れておいた記憶メディアを玄関のコンクリートに置き、転がっていたビデオデッキの角で叩き始めた。警官がやってくる前に処分するためだ。たとえそれが証拠品として必要だったと言われても、佳人が陵辱《りょうじょく》されるシーンなど二度と他人の目に触れさせたくはない。

大司は小さな記憶装置が金属の破片となって四散するまで叩き続けた。

十分後、駆けつけた警官によって気絶していたメンバーふたりは現行犯逮捕。彼らの口から芋蔓式《いもづるしき》にイベント主催グループの悪事が明るみに出て、数日後にはリーダーも逮捕された。

現場に警察が到着するまで見張りと状況説明のために残っていた大司は、仲間だと思われて一時拘留《こうりゅう》されたものの、被害者の兄である圭吾の証言のおかげで、事情聴取《ちょうしゅ》と器物損壊および過剰《かじょう》防衛に対する厳重注意だけで無罪放免《ほうめん》となった。

一連の騒動のあと大司は佳人の見舞いに赴《おもむ》いた。

精神状態が落ち着くまで面会は控えて欲しいと言われてからすでに十日近くが過ぎている。その間、病院へ行っても見舞いの品だけ届けて帰るという日々が続いていた。ときどき顔を合わせる圭吾に佳人の様子を聞いても、返答はいつも同じ。

『まだ落ち着いていない。見舞いにくるのは控えてくれ』

冷淡とも思える素《そ》っ気《け》なさは、弟の看病と犯人探しで疲れているせいだと解釈していたが、犯人が逮捕されたあとも圭吾のよそよそしさは変わらなかった。

とにかくきちんと佳人に謝りたい。痺《しび》れを切らした大司は、圭吾の許可を得ないまま佳人の病室に向かったのだった。

相変わらず面会謝絶の札が下がったままの扉の前で、左右を確認してから把手に手をかける。その瞬間、まるでタイミングを見計らったように、背後から声をかけられた。

「大司君、ちょっと」

ぎくりとしてふり向くと、ひどく険しい顔つきの圭吾が立っていた。約束を破り無断で部屋に入ろうとしたことを謝っても圭吾の表情は変わらない。

「少し、話したいことがある」

低い声と厳しい視線にうながされ、連れていかれたのは最初と同じ談話室《だんわしつ》だった。顔を上げても視線が合わないよう位置をずらして向かい合わせに座ると、圭吾は深々と頭を下げた。

「犯人逮捕のために協力してくれたことには礼を言う」

しかし、改めて大司を見返した圭吾の瞳には厳しい詰問の色が浮かんでいた。

「だけど、僕は君を見誤っていたようだ。君は東京《こちら》にきてから佳人とは疎遠《そえん》になったらしいね」

「え…?」

「弟の携帯を調べさせてもらった」

緊急事態だからという前置きのあと、突きつけられた佳人の携帯画面には見覚えのある一文。

「——暴行される前かあと、あの子は君に助けを求めた。もちろん助けに行ってやったんだろう?」

「圭吾さん、すみません…俺は」

正直に行かなかったと告げた瞬間、圭吾の顔に残っていたわずかな親しみが消え果てた。

「君は佳人の友人だったんじゃないのかッ?」

声と同時に胸ぐらをつかみ上げられ揺さぶられた。

「君が犯人グループと接触している間、僕もキャンパスでいろいろ調べてみた。君と佳人が恋人としてつき合っていたという噂を聞いたよ。遊ばれてるとか、冷たくあしらわれて可哀《かわい》そうだとか、佳人の友人たちはずいぶん心配していた。本当なのか？」

声は大きくなかった。むしろ内緒話のような少しかすれた小声だった。その分内包《ないほう》した怒りの強さのにじみ出る声が、すでに十分自己嫌悪と後悔に苛《さいな》まれていた大司の胸をえぐる。

「すみません…。どんなに謝っても許されることじゃないけど、俺はきちんと」

佳人に謝りたいと言いかけたとたん、あごを小突かれるほど胸元を強くねじり上げられた。

「断る」

吐き捨てるようなひと言と拳の震えが、圭吾の怒りの強さと深さを物語っている。

「…お願いします、圭吾さん」

「無駄だ」

あまりに無下《むげ》に言い放たれ、さすがに理不尽だと思った。いくら兄とはいえ、そこまで自分と佳人の間に立ち入る権利があるのかと、腹立ちまぎれに席を立ち病室に向かおうとした瞬間、

「謝っても無駄だ。佳人は君のことを忘れている」

「え…」

告げられた言葉の意味を大司が理解する前に、圭吾は追い打ちをかけた。

「一時的なものか永続的なものかはわからない。ただひとつはっきりしているのは、他のことは全部覚えているのに、藤堂大司という存在だけが記憶の中からきれいに抜け落ちているということだ」

「…………」

「それに君の姿が少しでも見えると、他の誰を見たときよりもひどくおびえて体調を崩す」

病院を訪れる大司の姿を偶然見つけた日の佳人は、必ずうなされたり嘔吐《おうと》したりするという。

面会はもちろん見舞いもいらない。病院の敷地内にも足を踏み入れないでくれとまで言われ、そのあまりの拒絶の強さに大司は何も言えなくなった。

存在を記憶ごと抹消《まっしょう》されるほど、佳人にひどい仕打ちをしてきたという自覚があったからだ。

――大司のこと、ずっと好きだったんだ。

高校の卒業式。耳朶《みみたぶ》まで紅くして告白された日から一年半。

姿を見ただけで嘔吐されるほど、存在自体を拒絶されてしまうまで、一年半。

大学に通うようになってから大司は、少しずつ佳人から関心をなくしていった。そのくせ、邪険にされ冷たくあしらわれた佳人が失望して離れていこうとする、その絶妙《ぜつみょう》なタイミングを見計ってやさしくした。アパートをたずねて休日は一緒に過ごす。受講している教授について互いに語り合い、レポート作成の相談をしたり。たまにはキスをして、軽く身体に触れてやったりもした。

たったそれだけのことで佳人は涙ぐみ、嬉しそうに微笑む。それまで大司が取ってきた態度について責めるようなそぶりは一度も見せなかった。ただし大司がきまぐれにやさしくするたび、少しずつ笑顔に憂《うれ》いが加わり、こっそり溜息《ためいき》をつく回数が増えていったことも事実だ。

――俺は、いつまでたっても田舎《いなか》臭さの抜けない佳人に苛立ってた。

打てば響くような軽妙な会話もできなくて、ずるい人間に利用されてしまう不器用さが歯がゆかった。自由に使えるお金が少ないからとクラブやコンパ、旅行の誘いを断る佳人を哀れみながら突き放した。それでいてあいつの興味が自分から逸《そ》れそうになると、滑稽《こっけい》なほどあわてて縒りを戻しに行く。あの頃は『縒りを戻す』なんて自覚はなかったけれど。気が向いたからやさしくして、飽きたから冷たくする。単にそれだけだと思ってた。

——けれど、そうじゃなかった。

俺はいつでも佳人の姿を目の端で探していた。やさしくしたり冷たくするたび、あいつが一喜一憂《いっきいちゆう》する姿を見て、こいつは本当に俺のことが好きなんだと確認しては満足していた。

そんな身勝手で無慈悲《むじひ》な自分の行動の意味が、今ならわかる。

執着《しゅうちゃく》していたのは俺の方だ。歪《ゆが》んでいつしか見失ってしまったけれど、俺は佳人が好きだった。

『そつなく何でもこなして見せるけど、大司が本当は少し不器用だってこと…僕は知ってるから』

周囲の期待に完璧に応えようと無自覚なまま気を張っていた自分のことを、そんなふうに理解して受け入れてくれたのは佳人だけだった。

『だから僕の前では、疲れてるときは疲れてるって言っていいんだよ』

生徒会室や放課後の教室、校舎の渡り廊下の途中で。控えめに微笑みながら伸ばされた手のひらが、大司の肩や後頭部に軽く触れていく。その温かさとやさしさがどれほど貴重なものだったのか。

惜しみない愛情と理解と労りを込めた手のひらの、その温かさがずっと自分のものだと勘違いして、ぞんざいに扱って。

――失って、初めて気づいた。

あいつのやさしさと包容力《ほうよう》を本当に必要としていたのは俺の方だ。それなのに……。

どんなに後悔してももう遅い。時間は取り戻せない。身体の内側が自己嫌悪の炎で焼けただれ炭化《たんか》してくずれ落ちても、愚《おろ》かな自分の過《あやま》ちを消すことはできない。

「あの子のためを思うなら、視界に入る範囲に二度と姿を見せないでくれ」

圭吾は反論を許さない厳しさで断絶を言い渡すと、呆然と立ちすくむ大司を残して病室へ戻っていった。その背中を見送りながら大司は、繋《つな》がりを求めた相手に拒絶される胸をかきむしるような痛みを生まれて初めて思い知った。

「俺がばかだった……」

食いしばった歯の間から後悔が、胸からは自責の念が迫《せ》り上がる。固く握りしめた拳を額に当て、うつむいて目を閉じたとたん、ふたつの感情が涙となって床にこぼれた。

過ちを詫びることも関係を修復するための努力も拒絶され、ようやく自覚した佳人への想いも行き場を失った。半身をもがれたような、この深い喪失感《そうしつ》に耐えながらこれから生きていかなければいけないのか。佳人の笑顔が自分に向けられる日は二度とこないのだろうか。

――諦めたくはない。

点々と床に染みを広げる後悔の粒を数えながら、大司は強く心に誓った。

いつの日かもう一度、佳人に受け入れてもらえる日がくるまで、決して諦めないと――。

✠

助手席で、何度も手のひらを握ったり開いたりしている鈴木佳人を目の端で捕らえた藤堂大司は、彼の緊張をほぐすためにそっと声をかけた。

「先に食事をしていこうか。軽く酒が入ると気分が楽になるから」

横浜《よこはま》にある佳人の家を出てから一時間。高速をおりると師走《しわす》の街はすでに日暮れて、幹線道路を走る車内に射し込む街灯が、成年男子としては驚くほど肌理《きめ》の細かい佳人の頬を、目まぐるしく染め上げては遠ざかっていく。

「ううん。そんなに空いてないから……」

さっきまで忙しなく開閉していた五本の指を今度は胃に当てながら、佳人は小さく首をふった。無意識なのだろう、腹部に乗せた手のひらをぎゅっと握りしめると同時に、痩《や》せた肩がわずかに強張《こわば》る。

佳人は藤堂よりも頭半分ほど背が低く身体つきも華奢《きゃしゃ》だ。手指のサイズも比例して、藤堂の男らしく節高《ふしだか》なそれに較べて全体的にほっそりしている。

信号待ちで車を止めると、藤堂はまぶたにかかった前髪を右手で軽く梳《す》き上げた。それからステアリングに乗せていた左手をゆっくり伸ばし、まず指先を佳人の視界に入れて注意を惹いた。突然肩を抱き寄せるような真似は、今の彼には負担になるからだ。

気づいてまぶたを上げた佳人の頰に指先が触れる寸前、

「…ッ」

突然、腕に走った鈍《にぶ》い痛みに藤堂は顔をしかめた。

痛みの原因はひと月前、会社で転んだ拍子《ひょうし》に机から落下した重さ五キロのスチール製書類棚が、運悪く投げ出した腕に直撃したせい。幸《さいわ》い尺骨《しゃっこつ》の単純骨折で治りは早く、三週間でギプスも取れた。それから一週間、痛みは残っているものの日常生活はなんとかこなせる程度には回復している。

「藤堂さん？」

心配そうな佳人の声。名前を呼ばれてかすかに、胸の奥がきしむような違和感を覚えた。

――なんだろう。

小さな歪《ひず》みの正体を探ろうとして、無意識に眉根が寄る。

「藤堂さん、どうしたの」

もう一度悲しそうに聞かれて我に返り、あわてて何でもないと答えた。骨折の原因は運の悪さと転倒のせいだが、転んだ原因は過労と風邪《かぜ》で朦朧《もうろう》としていたためだ。そのどちらをも、佳人は自分のせいだと思い込んでいる。だから彼の前ではあまり怪我のことを意識させたくない。

「無理…しないで」

空に浮いたまま固まっていた藤堂の腕にそっと触れながら、佳人がつぶやく。言葉とともに温かな手のひらから気遣いとやさしさが沁み込んで、藤堂の唇は自然にほころんだ。

「無理なんかしてないよ」

「ウソだ。藤堂さんずっと忙しそうだった。今日だって、本当は僕の方から会いに行くつもりだったのに横浜まできてくれて…。ぜったい無理してる」

そんなことないよとなだめても、佳人の眉間《みけん》に生まれた小さなしわは消えない。

たしかにここ数週間、猛烈に忙しかったのは事実だ。ただでさえ忙しい師走に入ったとたん、過労と骨折で一週間も休んだため、冬期休暇が始まるまでの残り三週間は馬車馬《ばしゃうま》のように働かざるを得なかった。過去のわだかまりを乗り越える努力の末、ようやく佳人と心が通じ合えたと思ったとたん、土曜出社が二回、日曜出社が一回。今日を除いて直接会えたのは、先々週の日曜の午後だけ。

電話は毎晩しているが、二度に一度は兄の圭吾に受話器を取られて、いささか困惑《こんわく》気味ではある。

「やっと会社が休みになったから、一秒でも早く佳人に会いたかったんだ」

端《はた》から見てどう思われようと本当に無理をしているつもりはない。今の自分にとって最優先するべき事柄は、佳人の心の平安と安全なのだ。ほんのひと月前まで対人恐怖症で外出もままならなかった彼に負担はかけたくない。

会いたいときは自分から出向く。今の藤堂にとってはそれがごく当たり前の行動なのだった。

正直に自分の想いを伝えると、腕をつかんでいた佳人の指がわずかに熱くなる。

「…僕だって、藤堂さんに会いたかった」

ぽつりとつぶやいた声に照れがにじんでいる。うつむいた拍子に癖《くせ》のない髪がさらりとこぼれて、赤く染まった耳朶が目に入る。交差点で左折してくる対向車のヘッドライトに浮かび上がる頰のライン、潤《うる》んで深味を増した澄んだ瞳、桜の花びらを数枚重ね合わせたような唇の色。薄い色の毛先が吐息に合わせてかすかに震えている。そうしたすべてが藤堂の雄の本能を刺激する。

——抱き寄せてキスしたい。唇、首筋、やわらかな耳朶から項《うなじ》、シャツに包まれた痩せた身体と薄い皮膚をあますところなく暴《あば》いて味わいたい。

下腹のあたりに湧き上がった凶暴な衝動を、藤堂はねじ伏せた。代わりに、空いていた右腕を伸ばして頰に触れると、佳人はうつむいていた横顔をふ…とめぐらせ、伏せていたまぶたを上げた。

目が合った瞬間、佳人の瞳に揺らめいたのは迷子のような心細さとおびえ、助けを求めながら逃げ出したがっている相反した感情だった。佳人はひとの感情に聡《さと》い。腕と指先の触れ合いだけで、たった今藤堂の身の内に生まれた情欲を敏感に察したのかもしれない。

「怖い？」

「……少し」

目に見えないほど、ほんのわずかに首をすくめて後ずさりながら佳人は再びうつむいた。

横浜の家で、まだ早すぎるかもしれないと思いながら『抱いてもいいか』と訊ねたとき、佳人は言葉では答えずそっと身を寄せてきた。夕陽を浴びたやわらかな髪が淡い栗色にきらめいて、胸にすがりついた指先は恥じらうように握りしめられ、かすかに震えていた。

たぶん未《いま》だに他人と肌を合わせることに恐れを抱《いだ》いているのだろう。それでも懸命《けんめい》に、藤堂の求愛に応えようとしてくれる。その健気《けなげ》さがたまらなく愛《いと》おしかった。兄は留守だから…という佳人の言葉に甘えて、そのまま彼の部屋で抱き合うこともできたが、藤堂はその誘惑をぐっとこらえた。

今のところ佳人の自宅は、彼が唯一《ゆいいつ》自分を憩《いこ》わせて安心できる場所だ。そこにセックスという荒々しい情動を持ち込むことは、野生動物の巣を荒らしてしまう行為と同じかもしれない。

すでに一度、今度こそ佳人を失ってしまうかもしれないという焦燥《しょうそう》に負けて、彼の家のダイニングで抱こうとして失敗している。

佳人にとってセックスは、快感よりも恐怖を呼び覚ましやすい行為なのだ。慎重《しんちょう》に、やさしく抱いて過去の傷を癒《いや》すには、逆にこちらのテリトリーの方がうまくいくかもしれない。

とっさにそう判断して横浜の家を出た。

それに、いくら今夜は帰ってこないと言われたものの、弟のことになると人が変わったように心配性を発揮する圭吾のことだ。たとえば、佳人が電話に出ないという理由だけで外出先から飛んで帰ってくることは充分あり得る。佳人との交際が、ただの友人関係ではないと黙認されているとはいえ、兄バカと評して差し支《つか》えのない圭吾に、弟《よしと》と抱き合っている現場を目撃されたりしたら今度こそ問答無用で出入り禁止にされかねない。それだけは避けなければ。

——あの子が君に助けを求めたとき、どうして駆けつけてやらなかったんだ？

ふいに、七年前に叩きつけられた詰問《きつもん》の声が耳元によみがえり、藤堂は無意識に眉をひそめた。

「…藤堂さん、信号」

おずおずとした戸惑《とまど》い声に、藤堂は佳人の首筋に移しかけていた手のひらと過去に戻りかけていた意識をステアリングに戻し、発光ダイオードの鮮やかなブルーグリーンを確認しながら静かにアクセルを踏み込んだ。ふっと沈黙が落ちて、オーディオから流れるアンビエントのゆるやかな曲調がふたりの間に割り込む。印象的なメロディラインを何度もくり返して曲がフェイドアウトした瞬間、意を決したように佳人が口を開いた。

「来年から」

「え？」

「来年…というか来月からだけど、自由《じゆう》が丘《おか》で働けるかもしれないんだ」

「誰が」

「僕が」

藤堂は思わず運転中だということを忘れて佳人の顔をまじまじと見つめ、すぐに前方に視線を戻した。どうして突然？　大丈夫なのかと聞くと、佳人はこくりとうなずいた。

「…記憶が、戻ってから外出するのあまり怖くなくなったんだ。知らないひとに会っても前みたいにパニックを起こすことは減ったし」

「圭吾さんは知ってるのか？」

「うん。だって兄さんの紹介だもの。…ええと、正確には兄さんの恋人なんだけど」

佳人に関しては度外《どはず》れた心配性を発揮するあの兄がよく許したものだと驚きながら、それ以上に、彼に交際している女性がいることに驚いた。

「もう何年も前から交際してるのに、兄さんもそのひともお互い結婚するつもりはないって言うんだ。でも、それはきっと僕があの家にいるせいで、だから…」

自分があの家を出て独立できれば、きっと兄は結婚に踏み切るんじゃないか。

佳人はそう言って、不甲斐《ふがい》ない己に向けて溜息をついた。

とにかくまずは外の世界に触れること、他人に慣れること、そして資格取得の準備と諸々《もろもろ》の資金を調達するためにと、アルバイト情報を集め始めた佳人を心配した圭吾が、どこの誰とも知れない人間のもとで働くよりも、きちんと身許の知れた知人を紹介すると言い出したのがきっかけだという。

「なるほど。で、いつから、どんな仕事なんだ？　通勤は電車かそれともバス？　休みはちゃんと取れるの？」

立て続けに訊ねたとたん、佳人が小さく吹き出した。

「どうして笑うんだ」

「兄さんが桜川《さくらがわ》さんに訊ねたことと同じこと聞くんだもの」

桜川というのが圭吾の恋人の名前らしい。

「通勤はバスと電車で四十分。個人サロンを開いているセラピストの、アシスタント見習いってことで紹介してもらったんだ」

まだ本採用ではなく、年明けに顔合わせをしてから決めるのだという。

「そのセラピストって何歳くらいの女のひとなの？」

「女性じゃなくて男のひと。名前は香西《こうざい》さん。ええと、歳は確か二十九だったかな」

男と聞いたとたん飛び出しかけた「ダメだ、許さない」という言葉を藤堂は寸前で飲み込んだ。

「アロマ系セラピストの間ではけっこう有名なひとなんだけど、弟子《でし》というかアシスタントは一切取らないことでも有名だったんだ。でも今回は特別に会ってみましょうって言ってくれて」

よほど嬉《うれ》しいのか、いつもよりわずかに声を弾ませている佳人の気持ちに水をささないよう、できるだけやさしく訊ねてみる。

「雇《やと》い主《ぬし》が男で、その、大丈夫なのか？」

佳人は小さく息を飲み、わずかに声の調子を落として答えた。

「たぶん平気、…だと思う。顔写真入りの名刺をもらったんだけど、すごく雰囲気《ふんいき》のやわらかいひとだから」

それでも藤堂の眉間に宿った憂いは消えない。対人、というよりも男性恐怖症を患《わずら》っていた佳人の精神状態ももちろん心配だが、他に従業員のいない個人サロンという、長時間ふたりきりで過ごすことになる職場環境に対していらぬ嫉妬《しっと》と焦《あせ》りを感じてしまう。

黙り込んでしまった藤堂を見つめていた佳人が、少し悲しそうに言い募《つの》った。

「——あのね藤堂さん。僕はずっと働きたかったんだ。兄さんに守られるだけの自分をずっと情けないと感じていたし、藤堂さんや兄さんみたいに、自分の足でちゃんと立ちたいって思ってる。心配してくれるのはすごく嬉しい。でも」

何もできない子どものように扱うのはやめて欲しい。

そう懇願されてしまえば、藤堂にはもう何も言い返せない。

本音を言えば、佳人には今までのようにずっと家の中でひっそり暮らしていて欲しい。身勝手な男の性《さが》だという自覚はあるが、好きなひとを誰の目にも触れさせず、自分だけのものにしておきたいという願望は、恋する者なら誰でも一度は持つものだろう。

「一緒に暮らさないか」

「え…？」

交差点付近の渋滞《じゅうたい》で一時停止した瞬間、思わず口をついて出た言葉に、言われた佳人よりも藤堂自身の方が驚いた。驚きながら、言葉にしたとたん自分が何を望んでいたかが明確になる。同時に、まるでこれまで念入りに準備していたかのように、計画という名の夢が次から次へと口から飛び出す。

「お互い働き始めたら今よりずっと会える時間が減る。確か二子玉《にこたま》あたりにいい物件があった。あのあたりなら俺の通勤にも便利だし、横浜の家もたずねやすい。佳人がセラピストとして独立開業したら都心のクライアントも通える距離だろうし」

「あの…、ちょっと待って。そんな、突然」

「南向きのサンルームと庭つきの一戸建て。養子縁組《ようしえんぐみ》して、ずっと一緒に暮らそう」

「待って藤堂さん、ちょっと待って」

「嫌なの？」

「そうじゃなくて。だって、そんな急に言われても…」

確かに唐突《とうとつ》すぎたかもしれない。けれど、そんなに困った顔をしなくてもいいじゃないか。嬉しいと、ぜひそうしたいと諸手《もろて》を上げて賛成してくれとは言わないが、せめてもう少し喜んで欲しかった。

そこまで考えて、藤堂は己の先走りすぎに気づく。

自分にとって佳人は、二十歳の秋に絶縁されたあともずっと陰から見守り続けてきた存在だが、佳人にとって自分は七年間音信不通だった人間であり、かつてひどいふられ方をした男でもある。

学生時代の交際期間を含めても、恋人として過ごした時間はまだ数カ月にも満たない。いきなり一緒に暮らそうと言われても実感が湧かないのだろうし、何よりも…、

「俺と」

言いかけた瞬間、後続車の軽いクラクションが響く。進み始めた前の車のテールランプを見つめ、藤堂はゆっくりアクセルを踏み込みながらつぶやいた。

「…俺と暮らすのは嫌？」

追い詰めるような問いを重ねてしまったのは意地悪ではなく、胸に渦巻《うずま》く焦りのせいだ。

「ちがうって言ってる！」

珍しく少し強い調子で言い返した佳人の、うつむいて唇を嚙《か》みしめた横顔にちらりと視線を向けて

から、藤堂はそっと恋人の手に触れた。膝の上で握りしめられていた拳をなだめるように揺すって、

「ごめん…」

素直に謝ると、強張っていた佳人の肩から力が抜ける。それきり黙り込んでしまった佳人に、もう一度ごめんと謝ってから、藤堂はなめらかなステアリングさばきで住宅地の入り組んだ路地を走り抜け、学生時代から住んでいるマンションの地下駐車場で車を止めた。

「着いたよ。お疲れさま」

「あ、…うん」

ドアを開け、サイドシートで固まっている佳人に手を差しのべて腰に手を回す。住居者専用のエレベーターで十二階まで上がり、通路に出たところで佳人が小さく息を飲んだ。

「何、どうした？」

「ここって…」

言いながら佳人の足取りは重くなり、扉の前で縫いつけられたように立ちすくんでしまった。

藤堂が住んでいる部屋は都心の高層マンションで、駅が近く眺望《ちょうぼう》も良い。実家が所謂《いわゆる》資産家で、父親は土地に対する嗅覚《きゅうかく》が鋭かった。地方にいながら都心の不動産動向にも目敏《めざと》く、バブルが弾けて暴落したところをすかさず買い叩いた物件を、息子の大学進学祝いに与えたのだった。

そのため藤堂は就職してからも月々の家賃を支払う必要がなく、同世代の自活者に較べてかなり余裕のある生活を送っている。間取りは１ＬＤＫ。もっと広い部屋に移りたくなったときは、売却《ばいきゃく》と貸

し出しのどちらを選んでも好条件で取引できる。

「ずっと、ここに住んでたんだ…」

佳人の視線は扉から壁、床へとさまよい、それきり動かなくなってしまった。頬から血の気が失《う》せ、胸元に引き寄せた右手が神経質そうにチャコールグレーのコートの釦《ボタン》をいじっている。

「ああ、学生時代から。佳人も何度かきたこと」

あったよな…と言いかけて、藤堂はようやく己の失態に気づいた。

佳人の視線は扉横の壁と床に釘《くぎ》づけになっている。そこは七年前、複数の男たちから性的暴行を受けて、文字通り身も心もボロボロな状態で藤堂をたずねてきたとき佳人が座り込んでいた場所だ。

あのとき自分は彼が無惨な目に遭ったあとだと知らなかった。――知らなかったとはいえ、あまりに手ひどい拒絶をしたことは事実だ。

「佳人…、すまない」

腰に回した腕から佳人の震えが伝わる。藤堂は細心の注意を払ってそっと抱き寄せ、髪に唇接《くちづ》けながらもう一度心から謝罪した。

「――…すまない、俺が無神経だった。車に戻ろう」

「え…」

佳人はあわてたように顔を上げた。だって…と口ごもり、扉と藤堂の顔を見較べて苦しそうに唇を噛みしめる。何かにひき裂かれるようなその表情が痛々しくて、藤堂は七年前には与えてやれなかった労りと思いやりを込めて、きた道を引き返すよううながした。

「さあ行こう。家まで送っていくよ」

「でも…」

「どうしても今夜というわけじゃないんだ。無理は…、させたくない」

佳人が動揺する姿は、己の過去の過ちを突きつけられているようで見ているこちらも辛い。

背中に手を添え、さあ…と力を込める。そのとたん佳人は意外な抵抗を見せた。

「待…って、藤堂さん。待って――」

佳人は玩具《おもちゃ》売り場で駄々をこねる子どものように男の腕から身をもぎ離し、

「このまま、ここで何もできないまま帰りたくない。僕は…」

同時にほっそりとした五本の指でコートの袖を握りしめながら、しぼり出すように訴える。

「……僕は、藤堂さんが好きだから」

きちんと思いを確かめ合いたい。帰りたくないとかすれた声ですがりつかれ、藤堂はここがマンションの通路であることを忘れて思わず華奢な身体を抱きしめた。

七年越しの再会のあと、最初は会話するだけで、触れれば葉を畳《たた》んでしまう合歓《ねむ》の木のようにおびえて身をすくませていた佳人が、今はこうして自分から好きだと口にしてくれる。

その幸運を何に感謝すればいいのだろう。告白されて胸が熱くなる誇らしさには覚えがある。

『――こんなことを言われても迷惑かもしれないけど…。大司のこと、ずっと好きだったんだ』

高校の卒業式。人気のない中庭の奥、建物の陰で藤堂の爪先《つまさき》を見つめながら、佳人は懸命に言葉を重ねてきた。語尾も身体の横で懸命に握りしめていた両手も哀れなくらい震わせながら。

ずっと親友だと思っていた。同じ地平に立ち、それぞれ得意不得意はあっても優劣はない。互いに抱く好意は同質で、だから同等だと信じ切っていた。それが…。

『ずっと大司が好きだったんだ』

その一言で均衡《きんこう》が崩れる。

驚きは当然あった。けれど同性から性愛の対象にされるという嫌悪感は微塵《みじん》も湧かない。

高校時代の藤堂は、髪型や私服のセンスは地方の真面目《まじめ》な高校生らしく洗練されてるとは言い難かったものの、容姿は整っていたし、長身で成績もよく行動力もあった。当然のように、学年を問わず何人もの女子から告白された。人気のない場所に呼び出す場合や、それとなく距離を縮めたあとふたりきりになる機会を狙って告げてきたりと様々だったが、そうした過去に受けたどんな告白も、あのとき、目の前で耳朶まで真っ赤に染めて震えていた友人の想いほど、心を動かされたことはない。同性から告白されたから？　それだけが理由だろうか。

——ちがう、そうじゃない。

このとき藤堂の胸に生まれたのは、好意を寄せられる側の、身の内の芯から震えるような圧倒的な喜び。それが佳人への愛情から生まれたものだと十八の藤堂は気づけなかった。気づかないまま、恋愛において生殺与奪《せいさつよだつ》権を握った者の優越感と驕《おご》りへと変化させてしまったのだ。

早春の陽射しの下で白くなるほど両手を握りしめ、耳朶を紅く染めて返事を待っている佳人を見て、なぜあれほど自分が喜んだのか。

そのことの意味にもっと早く気づけていたら、そして自分の心に敏感だったなら。複数の男たちに蹂躙《じゅうりん》させたりは絶対しなかったのに。

「――…ッ」

抱き寄せた細い首筋に顔をうずめて、藤堂は唇を噛みしめた。場所と人間がそろったことで、自分の気持ちも過去の記憶に影響を受けやすくなっているのかもしれない。

「藤堂さん…。ねえ、僕は大丈夫だから、部屋に入ろう？」

おずおずと背中に回された佳人の腕の温かさに、涙が出そうになる。

佳人はやさしい。いつでも、どんなときでも。自分のことよりも藤堂の身を案じてくれるやさしさは、昔からずっと変わらない。この愛しい存在を二度と再び失うようなことはしたくない。

「本当に、平気か」

青白さの目立つ通路の蛍光灯の下で、こくりとうなずいた傷つきやすい恋人の表情を読みまちがえないよう注意深く見つめてから、藤堂は鍵《かぎ》を取り出して扉を開けた。

玄関を上がって左に進んだ突き当たりが寝室のドア。ドアを開けずにさらに廊下を進むと、あわせて十二畳のリビングとダイニング。右側にはキッチン、左側には衝立で仕切ったワークスペースがある。東の窓際には昼寝用と来客用のソファがそれぞれひとつずつ。フローリングの床には先月手に入れたばかりのキリムが敷いてある。色と柄は気に入っているものの手触りは今ひとつだ。

まずは温かい飲み物を出し、部屋を案内して気分をほぐしてからという選択肢《せんたくし》もあったが、佳人の緊張と覚悟を思うとへたに時間をかけない方がいいかもしれない。

藤堂は迷わず寝室の扉を開けた。天井灯《てんじょう》ではなくフットライトのスイッチを入れると、間接照明のやわらかな橙色《だいだい》が広がり、セミダブルベッドの輪郭《りんかく》が艶《なまめ》かしく浮かびあがる。オイルヒーターを点《つ》けてコートを脱ぎ、入り口で立ちすくんでいる佳人の上着も受け取ってクローゼットにしまう。

身を守る厚い布地をなくして心細そうに己を抱きしめている薄い肩を抱き寄せ、わずかに寝乱れた跡の残るベッドに座らせる。その足下にひざまずき、もう一度だけ「大丈夫か」と確認すると、

「だ、大丈夫だと思う」

小さくうなずいた瞬間、さらりと髪がこぼれて白い項が露《あらわ》になる。

「――…やさしくするから」

立ち上がり、佳人の隣《となり》に腰をおろして耳元にそっとささやき、蒼白《そうはく》な頬を両手でそっと包み込んで、まずは触れるだけのキスを落とす。小刻みに唇の角度を変えながら頬からこめかみそして後頭部へと指を差し入れ、何度も髪を梳き上げて、ゆっくり後ろへ押し倒す。

「…ふ……ぅ」

肌の触れ合い以上に心を寄り添わせたい気持ちが強いからだろうか、腕の中の痩せた身体がどれほど緊張しているか不安になっているか、藤堂の胸に沁み込んでくる。

項を支えた左手と肩を撫でおろす右手に、瘦せた身体の震えが伝わる。

「佳人…目を開けて。今、君を抱いてるのが誰なのかしっかり確認するんだ」

「……ぅ」

涙で艶《つや》めいたまつげがかすかに震えながら持ち上がり、すがるような潤《うる》んだ瞳に見つめられ、心の底からやさしくしたいと思う。それなのに、

「……藤…堂、さん」

かすれ声で名を呼ばれた瞬間、なぜか胸の奥がチクリと痛んだ。

──まただ。いったい何なんだ?

今度こそ小さな疼《うず》きと違和感の正体を探ろうとしたとたん、それは再びうやむやに拡散してしまう。

藤堂は頭をひとふりして、逸れかけた意識を腕の中の恋人に戻した。

「佳人、…佳人」

少しだけほころんだ口元に舌先を挿し入れ意識を逸らした隙に、ざっくり編まれたヘイズ・ブルーのタートルニットのすそに手を差し入れる。やわらかなコットンシャツ越しに佳人の体温を感じたとたん、藤堂は身体のどこかで理性の箍《たが》がひとつ外れる音を聞いた。

なかなか強張りの解けない背中をゆっくり撫でおろしつつ、静かにベッドへ押し倒す。ニットをひと息に脱がせた瞬間、佳人の顔が泣きそうに歪んだ。震える唇が「いや」と紡《つむ》ぐ前に、藤堂はこの日一番深い唇接けを与えた。

「……、っん」

佳人の両手は胸の前で拳を握り、男の胸板を押し返そうと懸命になっている。抗《あらが》いは敢《あ》えてそのままにした。自由を奪い無理やりマットレスに押さえつけるような真似はしたくない。

――したくはないが身の内で目覚めかけた牡《おす》の本能が、獲物《えもの》の逃亡をさえぎり抵抗をねじ伏せたがっている。

「――…くっ」

シャツのすそをたくし上げ、ようやくたどり着いた素肌の感触に指先から歓喜が這《は》いのぼる。そのままむしゃぶりつきたい衝動を寸前で抑え込み、代わりに鎖骨《さこつ》から胸、わき腹、臍《へそ》の窪《くぼ》みへと唇接けを落としていった。少しひんやりとした薄い皮膚に小さな紅い跡をつけていく。

室内は適温に保たれている。それでもなかなか体温の上がらない佳人を思いやり、藤堂はブランケットを被ったまま下肢へと唇を滑らせた。

「ぁ…、あっ……と、藤堂さ…」

ジーンズのウエストをゆるめて下着ごと引きおろし現れた性器に舌を這わせたとたん、佳人は男の愛撫から遠ざかるよう身をよじり、両脚の間に入り込んだ藤堂の頭をシルクのブランケットの上から押し返そうとした。

対人恐怖症を患っていた七年間。佳人は兄以外の人間と親しく交わることなどほとんどなかったはずだ。身体的な接触に関しては、きっと兄の圭吾ですら細心の注意を払っていたに違いない。

胸を反らせばあばらが浮いて見える痩せた身体を他人の目にさらし、その接触を許したのは、あの忌《い》まわしい暴行事件以来、二カ月前に抱こうとした藤堂が初めてだろう。

触れ合いに不慣れな身体はわずかな刺激におびえ、逃げ出そうともがいている。

「や、…や、いや…藤堂さ…ん」

大きく割り拡げていた腿《もも》に置いた手を外すと、佳人は身を返して腹這いになり枕元へとずり上がろうとする。そうした反応を、藤堂は己の欲望をこらえながらやさしく見守り、それでも逃げようとうねる背中をブランケットの代わりに自分の胸で覆った。

肩胛骨《けんこうこつ》の骨張った突起《とっき》に己の胸を重ねて、体温と恋情を伝える。

「佳人、大丈夫。傷つけない、痛いことも嫌がることもしないから」

言葉と手のひらで震える身体をなだめながら唇を重ね、舌を絡ませ、左手で乳首をそっとつまんで刺激を与え、右手を脚の間に差し込んでわずかに湿り気を帯び始めた性器を揉みしだく。

「う…う、う…っ……」

横寝の姿勢で上半身だけひねり、藤堂の唇接けを受ける佳人の目尻から涙がこぼれ落ちる。その雫《しずく》を舌で舐《な》め取りながらなだめすかすよう仰向けにして、もう一度両脚を開き腰を割り入れ、とっさに顔を覆った佳人の両手をやさしく取り去ると、指を絡めてシーツに縫い止めた。

藤堂がわずかに身を起こした拍子に背中からブランケットが滑り落ちる。

同時に、佳人の両目がおびえたように見開かれた。

身体の横に押さえつけられた両手。大きく広げられた脚の間から覆い被さってくる逞《たくま》しい身体。その背後で淡い光を放射しているフットライト。明度の低い間接照明とはいえ、閉じてばかりいた瞳には眩しく感じるのだろう。

佳人は何度も瞬《まばた》きをくり返し、…くり返すうちに頬から首筋のラインが見る見る強張り始めた。

い…いや…、い、――…や!

ふるふると首をふり、これ以上ないほど大きく両目を見開き、唇が声にならない叫びを何度か形づくったあと、佳人は聞く者の胸をかきむしるような悲痛な声を上げた。

「い…や―――…ッ」

「佳人、佳人!」

恐慌《きょうこう》を起こし藤堂の腕の中から逃げ出そうともがく身体を抱きしめようとして、佳人がふり回した手のひらで頬をぶたれる。細長く熱い痛みが走ったのは爪で引っかかれたせいだろうか。けれどそんなことを今は気にしていられない。

「嫌!　イヤだ!!　助けて…ッ」

藤堂は自分が逆光の中で佳人に覆い被さっていることが、彼の混乱とフラッシュバックの原因になっていることにしばらく気づけなかった。だから冷たい汗で滑る背中を抱き寄せ、懸命に声をかけた。

「しー。佳人、大丈夫だから。落ちついて」

「い、やッ!　……す…けて、助けて!　藤堂さん…ッ!!」

「俺はここにいるだろう？　傍にいる。助けてやる、俺が…」

「ちが、ちがう…ッ！　あなたじゃない、いや…藤堂さん…、――助けて、藤堂さん助け…て」

そこに刃物があれば刺しかねない勢いで男の腕を拒絶しながら、佳人はその腕の主である藤堂の名を呼び続ける。

「佳…人？」

嫌、嫌…とうわごとのようにくり返しながら、佳人は半裸《はんら》状態で藤堂の腕とベッドから抜け出した。空《から》になった腕と、転び落ちた床の上でなおもおびえて逃げ出そうとしている青年の青白い身体を見較べながら、藤堂は為《な》す術《すべ》もなく呆然と立ち尽くした――。

「ごめんなさい」

横浜の自宅へ向かう車の中で、佳人がぽつりと謝った。

時刻は十一時。行き交う乗用車の数は減り、代わりに輸送トラックと道路工事中の警告灯が目立つ。誘導灯をふり回す作業員の横を通り過ぎながら、藤堂は佳人に気づかれないよう奥歯を嚙みしめた。

佳人のパニックは比較的短時間で治まった。おびえて寝室の隅まで逃げ出し、そのままうずくまってしまった彼に敢えて近づくことはせず、とにかく光量を上げて互いの姿と部屋の様子がよく見えるようにしてやった。

『佳人、俺がわかるか？』

床に膝をつき視線を合わせて声をかけると、佳人は何度も深呼吸してから冷や汗のにじむ額を上げて、おずおずと藤堂の名を呼んだ。

『……藤堂さん』

『そう。ここには俺と君しかいないから、安心して』

ゆっくりと噛んで含めるように、佳人とそれから自分に言い聞かせる。そうしなければ、今度は藤堂の方が何か口走ってしまいそうだったのだ。

まだ震えている身体を支えて立ち上がらせ、リビングに移動してしばらく休息を取らせた。

無理な姿勢で暴れたせいで、破けてしまったディオール・オムのシャツは藤堂がプレゼントしたものだ。代わりにストックしてあったタイトなニットに着替えさせ、ベッドから転がり落ちたときサイドチェストの角にぶつけてできた腕の痣《あざ》には湿布《しっぷ》を貼ってやる。

血がにじんでひどい蚯蚓腫《みみずば》れになっていた自分の頬のひっかき傷を絆創膏《ばんそうこう》で隠し、嵐の過ぎ去った寝室の倒れて割れたルームランプの残骸《ざんがい》はそのまま放っておいた。なんとか平静を取り戻した佳人を自宅に送り届けるため再び車に乗り込んだ。

セックスがきっかけで、かつて受けた暴行の記憶がよみがえりパニックに陥《おちい》るかもしれないということは予測できた。だからこそ佳人自身に何度も確認したのだ。そのことは佳人も充分承知しているのだろう、申し訳なさそうに言い重ねた。

「僕が、自分から……抱いて欲しいって、言ったのに」

藤堂は意識してやわらかな声と表情を保ち、身を縮めている佳人に語りかけた。

「謝る必要はない。悪いのは俺の方だから」

「でも…」

「全面的に俺が悪い」

佳人の声をさえぎるように重ねた言葉が、どこか上滑《うわすべ》りして響いたのは藤堂自身も混乱しているせいだ。

――嫌！　イヤだ!!　助けて…ッ。

初めはレイプ犯とまちがわれてるのだと思った。だからやさしくなだめて、今抱いているのは俺だと言い聞かせ続けた。なだめるために抱きしめてのぞき込んだ佳人の瞳は、陵辱者としてではなく、恋人として藤堂の姿を認識したはずだ。それなのに。

――助けて、藤堂さん助け…て。

名を呼んで求められ、姿を拒絶されることの意味がとっさに理解できなかった。

「佳人、君は…」

言いかけて口ごもり唇を噛みしめると、眉間に深いしわが寄るのが自分でもわかった。これまで佳人に名前を呼ばれるたび、かすかに感じていた違和感の正体を確認するのが怖い。

「藤堂さん…、本当にごめんなさい」

佳人がもう一度蚊《か》の鳴くような声で謝った。対向車のヘッドライトに照らされた横顔が泣き出しそうに歪んでいる。

――泣きたいのは俺の方だ。

藤堂は忍耐強く「気にしないでくれ」と答えながら、思わず額に手を当て、少し乱暴に前髪を梳き上げた。我慢していたけれど無意識に溜息が出てしまったらしい。サイドシートで身を固くしていた佳人の膝の上で握りしめられてた拳がぴくりと震え、緊張の小波《さざなみ》が車内に広がる。

三時間前に通り過ぎた道を引き返しながら、ヘッドライトに浮かび上がっては消えてゆくセンターラインの単調なリズムに、意識は嫌でもひとつの結論に導かれていく。

――記憶が戻ったのに、佳人が俺のことを『藤堂さん』と呼び続けることに違和感《いわかん》は感じていた。昔は『大司』と呼び捨てだったのに。再会して記憶が戻って、初めて好きと言ってくれたとき、呼んだ名前は藤堂さんだった。もちろん、大司と藤堂はどちらも自分だ。呼び方で人格や存在そのものが変わるわけじゃない。混乱が言わせた言葉だと頭ではわかっている。けれど、

――ちが、ちがう…ッ　あなたじゃない……！

差し出した手をふり払われ、おびえた瞳で拒絶された瞬間、嫌というほど思い知った。

認めたとたん何かが壊れてしまいそうで、どこか変だと無意識では気づいていたのにずっと目を逸らしてきた事実。それがどんなに辛くても、そろそろ認めなければいけない。

「佳人…君は」

言いかけて、結局声に出せないまま藤堂は胸の奥でつぶやいた。

……俺を、許してくれたわけじゃなかったのか。

俺を恨んでいる。そしてまだ許せていないんだろう……——？

——佳人…。

耳元で名前を呼ばれた気がして、佳人は目を覚ました。

同時にセットしておいた時計がピピ…と鳴り出す。

午前七時。カーテンの隙間から射し込む一月末の早朝の光は、まだ薄く弱々しい。

アラームを止めてベッドをおり、カーテンを開けて小さく伸びをしてから手早く着替えを済ませた。

起床三十分前から稼働《かどう》していたヒーターのおかげで温かかった室内を出ると、きゅっと身が引きしまる寒さに包まれる。首をすくめて厚手のカーディガンの前を合わせながら階段をおり、顔を洗ってからキッチンに向かう。まだ薄暗いダイニングの明かりを点けてヒーターのスイッチを入れ、ケトルを火にかけ、米飯の炊《た》き上がりを確認してから手早くみそ汁を作り始める。具は白菜《はくさい》と溶き卵。醤油《しょうゆ》漬けの鮭《さけ》を焼きながらほうれん草をひと束茹《ゆ》でたところで、兄の圭吾が顔を出す。

「おはよう佳人。身体の調子はどうだ」

十日前から毎朝、顔を合わせるたび弟の体調を気遣うのが兄の日課になっている。年末、藤堂に告げた通り、佳人は年明けの第二週からアロマセラピストの個人サロンで働き始めた。

「おはよう兄さん。調子はいいよ」

茹でたほうれん草で胡麻《ごま》和《あ》えを作りながら答えると、兄は安心したようにふっと表情をやわらげて、カウンターに並べられた料理をテーブルに運んだ。

「昨夜《ゆうべ》、少し疲れてるように見えたけど仕事は順調か？」

「大丈夫。仕事は楽しいよ」

答えながら、思わず小さな溜息が出てしまったのは身体が辛いからではなく、起き抜けに見た夢の余韻《よいん》のせいだ。正確には夢ではなく、ひと月前の記憶。

「具合の悪いときは無理をせず、きちんと休養を取りなさい。休むのも仕事だと思って」

返事とは裏腹に沈んで見える弟を気遣う兄に向かって、佳人はなるべくほがらかにうなずいた。

朝食を済ませ、圭吾が非常勤の相談員として契約《けいやく》先の会社に出勤するのを見送ってから、ウインドブレーカーをはおって庭に出る。働き始めてから休日以外はあまり世話のできない庭木の手入れをするためだ。家を出るまで一時間足らず。わずかな時間だが、水やりと枯葉の片づけ、それから気になっていた楓《かえで》の剪定《せんてい》を済ませて部屋に戻り、作業着を脱いで焦茶《こげちゃ》のツイルパンツ、オフホワイトのコットンシャツと淡いセージグリーンのニットに着替える。それから時計を確認しつつ鏡の前で身だしなみを整えた。アシスタント見習いとはいえサービス業、私服で応対することになるので何よりも清潔感、それに多少のセンスが要求される。センスに関しては相変わらず自信がないので、佳人はできるだけ兄や藤堂からアドバイスを受けている。

ひと通りのチェックを終えると、ゆっくりコートに腕を通して家を出た。

朝のラッシュアワーをうまく外した電車通勤も、十日目になるとずいぶん慣れてきた。

昨年の十月末に欠けていた記憶が戻って以来、七年間ずっと佳人の自由を束縛していた対人恐怖症は順調に解消されつつあり、以前のように闇雲《やみくも》に他人を恐れて自宅から一歩も外に出られないという状態は脱している。とはいえ大柄な男性や柄《がら》の悪い二十歳前後の男たちの集団を見ると、やはり身がすくんで逃げ出したくなったり、実際逃げ出してしまうこともある。

定期的にカウンセリングを受けている心理療法士《りょうほうし》によると、理由のわからないある種の恐怖症は、原因を突き止め、それと向き合い受け入れることで克服《こくふく》できる場合が多いのだという。とはいえ、その原因がなかなか判明しないので苦労しているのだけど。

自由が丘の改札口を抜け、薄水色した冬の晴れ空を見上げた佳人は、深呼吸をひとつしてからゆっくりと歩き出した。項のあたりが少し寒く感じるのは、昨日美容院で髪を切ってもらったせい。前髪がすっきりして、全体的に軽い仕上がりになっている。

首筋に手を添えると、物足りない毛先の感触にわずかな喪失感《そうしつかん》が生まれる。好んで佳人の頬からこめかみに触れ、そのまま髪を梳き上げる藤堂の指先を思い出して溜息が出た。

年末の、結局失敗に終わってしまったセックスのあと、帰りの車の中で何か言いかけてそのまま黙り込んでしまった藤堂の、思い詰めた表情が忘れられない。自分のせいで彼にそんな顔をさせてしまうのだと、思い当たることがありすぎる佳人だった。

あれから一カ月。

年末年始の休み中は可能な限り一緒に過ごしたものの、会社が始まったとたん藤堂は再び猛烈に忙しくなった。さらに佳人が週休一日、しかも平日という条件で働き始めたことで、ゆっくり会える時間がほとんど取れなくなってしまった。休みの日が合わなくても、同居していればなんとかなる。一緒に暮らしたいと言い出した藤堂の気持ちが少し理解できた。けれど同時に怖くもある。

あの一件以来、藤堂は会話の途中でときどき、凪が止むように黙り込むことがある。不機嫌とは違う。何か言いたくて、でも言い出せない。そんな、どこか張り詰めたぎごちない空気を敏感に感じ取ってしまうたび、佳人も悲しくて不安になる。

どうしてうまくいかないんだろう。互いの気持ちを確認し合って、身体を重ねたいと思うほど好き合っているはずなのに。「好き」と言葉にするだけでは、何の保証にもならないことは知っている。だからせめて身体の繋がりが欲しかったのに、それすらうまくできない。

「どうすればいいんだろう」

いくら考えても答えはなかなか見つからない。代わりに仕事先であるアロマサロン『ルース』の瀟《しょう》洒《しゃ》な佇《たたず》まいが現れた。

駅から徒歩五分。斑《ふ》の入ったアイビーが絡まるフェンスをたどり、美しいオーナメントの門を開け玄関までのアプローチに足を踏み入れると、左右には手入れの行き届いた庭、見上げれば常《とき》磐《わ》樹《ぎ》の緑に映える白い壁と、赤煉《れん》瓦《が》の外装が訪問者を出迎える。

「おはようございます」

自宅の一部を利用して開業しているサロンの呼び鈴《りん》を押すと、すぐに玄関のドアが開き、森と水をイメージさせる香りが屋内からふわりと流れ出る。

「おはよう佳人くん。今日もよろしくお願いします」

柔和《にゅうわ》でやさしい声とともに笑みを浮かべた青年が佳人を迎え入れてくれた。

ほっと息をついてドアを閉め、靴を脱いで青年のあとに続く。前を行くそよりとした体型の、身長も佳人とあまり変わらないこの青年の名前は香西薫《かおる》。『ルース』のオーナーである。

名前がそのまま職業を現しているような男性で、歳は佳人より三つ上の二十九歳。公家風《くげふう》とでもいうのだろうか、凹凸《おうとつ》のあまりない上品な顔立ちで、性差を感じさせないやわらかな笑顔が印象的だ。この年頃の男性にありがちな脂《あぶら》ぎった要素は欠片《かけら》もなく、わずかにハスキーな声はしっとりと落ち着いて、聞く者の気分をやわらげる。姿勢が良く立ち居振る舞いがなめらかで、ことさら笑顔を見せなくても、存在全体がいつも微笑んでいるような温和な印象を醸《かも》し出している。

吹き抜けの天井窓から射し込む陽光で蜜色《みついろ》に染まる白木《しらき》造りの廊下を歩いていくと、突き当たりに本来はリビングだった十二畳の施術《せじゅつ》室が現れる。その手前にある六畳の洋室は精油やベースオイル、ファブリックなどのストックルームで、佳人の控え室であり受講室でもある。

「ずいぶんすっきりしたね。その髪型、とてもよく似合う」

ストックルームに入って荷物を置き、上着を脱いだところで香西に声をかけられた。

昨日の夕方、接客業だからもう少しさっぱりした方がいいとアドバイスされ、早退させてもらい、紹介された美容室でカットしてもらった髪型をほめられて、佳人はかすかに頬を染めながら素直に「ありがとうございます」と礼を言った。

初対面の佳人がそうだったように、『ルース』を初めて訪れたクライアントは香西の思慮《しりょ》深い瞳と物腰のやわらかさ、そして流れる音楽のようになめらかな施術を受けて、すっかり魅了《みりょう》される。

香西はフランスとドイツとイギリスへの留学経験をもち、それぞれの国で認定されているセラピストの資格を取得《しゅとく》している。両親も祖父母も調香師《ちょうこうし》という香りに携《たずさ》わる一家のひとり息子だが、本人は、ともすれば複雑さを競《きそ》い人工的になりがちな調香師よりも、より自然に近い精油《アロマ》を扱う仕事を選んだという。

ここで佳人がこなす一日のスケジュールは、十時出勤、十一時のオープンまで準備をかねた講習を受ける。予約したクライアントが到着して施術が始まると、佳人は香西のアシスタントを務めながら接客マナーや施術のノウハウを学んでいく。夜八時に最終セッションが終わると後片づけと反省会を行い、九時に終了。帰宅はだいたい夜十時。帰宅後は、その日に香西から教わったことの復習や資格検定に向けた勉強。さらに体力作りのストレッチとエクササイズ。就寝は午前零時から一時。

新しい知識を吸収できる喜びや、クライアントに触れて実技経験を積めることへの感動、さらに資格取得への意欲、そして何よりも香西の人柄に助けられて順調に続いてはいる。しかし、これまで家にこもりきりだった佳人にとってかなりハードなスケジュールだ。

「――今のところ、明後日《あさって》の午前十一時からでしたら予約が可能ですが。…はい、かしこまりました。では来週、月曜日の十一時にお待ちしております」

受話器を置いて佳人はほっと息をついた。クライアントからの予約電話の応対を任されて一週間。未だに顔の見えない相手との会話は緊張する。しかも香西のクライアントの七割以が男性なのだ。

アロマやボディケア系のセラピストは圧倒的に女性が多く、そしてクライアントは女性限定という条件のサロンが大半を占めている。男性への施術はクライアントである女性の紹介があった場合か、女性と一緒に来店した場合に限って行うというケースがほとんどだ。

「どうして男性を断るサロンが多いんでしょう？」

佳人は一カ月先までほぼ一杯になっている予約一覧表を確認しながら、本日最後のクライアントの見送りから戻ってきた香西に訊いてみた。

「いろいろ理由があるんだけど、まずピンク系サロンと勘違いしてやってくる男性がいること。それから最初はきちんとリラックスするためにきたはずなのに、施術を受けるうちに気持ち良くなっちゃって、ここの」

香西は苦笑しながら自分の脚の間にある男性自身を指差し、

「これが困った状態になる。で、男って身体の反応にひきずられるとついその気になったりして」

「ガバっ…と？」

「そう」

「それは、……確かに断られますね」

思わず強張った頬を手で押さえながら佳人がつぶやくと、香西は全員が全員そうなるわけじゃないけれどと言い足した。

「個人で開業している女性セラピストはたいていマンションの個室なんかをサロンにしてるから、異性と一対一の状況にならないよう、最初から男性はお断りというところが多いね。だけどその陰で女性と同じように癒されたい、リラックスしたいと願う男性も多い。私のサロンが繁盛《はんじょう》しているのも、そういったニーズにうまく応《こた》えているからだし、佳人くんが将来独立するつもりなら、そのあたりの事情は押さえておくといい」

「そう…ですね」と佳人が複雑な表情でうなずくと、香西は何かに気づいたようだった。

「佳人くん、もしかして怖がってる？」

鋭い推察に驚いて顔を上げると、香西と目が合った。ひと目でクライアントを虜《とりこ》にする深く慈愛《じあい》に満ちた眼差しで見つめられ、肩からふっと力が抜ける。香西は桜川から佳人を紹介されたとき、ある程度の事情は聞いているはず。けれど詳しいことは佳人が自分から話し出すまで待ってくれている。そうした懐《ふところ》深さを感じて、逆に自分の弱さを素直に告げる気持ちになれた。

「…はい」

佳人が正直にうなずくと香西はほんの一瞬痛ましげな表情を浮かべ、

「そう。怖いと思う気持ちがあるのは辛いね」

「でも、安らぎを求めているひとがいるならそれを与えたいと思う気持ちは変わらないんです」

自分にセラピストとしての適性がないと思われるのは避けたくて、佳人があわてて言い重ねると、香西は「わかってるよ」と笑顔を見せた。それからあごに指を添えてわずかに首を傾《かし》げ、

「もしも突然抱きつかれたりしたら、佳人くんならどう対処する？」

「僕は…」

状況を想像したとたん身がすくむ。目の前に男の影がのしかかってきたような気がして、とっさに手でふり払おうとして足下がよろめいた。

「大丈夫かい？　すまなかった。配慮のない訊き方をして」

香西が素早く差し出してくれた腕にまでおびえかけた自分が情けなくて、佳人は口ごもった。

「…いえ。僕こそすみません。……あの、もしも薫さんが」

そういう目に合ったらどうしますかと訊ねかけ、言い直す。

「…薫さんなら、どうしますか？」

これまで多くの男性クライアントと関わってきた薫なら、何かいい方法を知っているかもしれない。

佳人はすがるような気持ちで雇い主であり師でもある青年を見つめた。

薫と、名前の方で呼んでくれというのは初日にもらったリクエストだった。理由は、家人との混同を避けるため。香西家に出入りするようになって十日目、今のところ本人以外の家族に行き合ったことはないが、佳人は特に気にしていなかった。

「私の場合は、あしらい方を心得ているから」

「あしらい方？」

「そう。ボディケアに必要な人体の構造や気の流れ、経絡《けいらく》なんかの知識は、いざというとき的確に急所を押さえて相手の気力をくじくのに応用できるんだよ。それから知り合いに空手《からて》の師範《しはん》がいてね、手っ取り早い護身術《ごしんじゅつ》を習ってある。佳人くんも通ってみる？　体力作りにもなるし、ある程度、自分で自分の身を守れる自信がつけば恐怖心を抑えられるんじゃないかな。あとは防犯グッズ。こういうものとかね」

そう言って香西が施術台わきの棚から持ってきたのは、小さなアトマイザーだった。

「これは私のオリジナルブレンド。内緒だけど、神経系に直撃タイプで即効性あり」

目鼻を直撃すれば、大の男でもほぼまちがいなく昏倒《こんとう》する。ただし後遺症は残らない。香西は唇に人差し指を立て、茶目っけたっぷりに片目を閉じてみせた。こっそり教えてくれた材料は、原液で使うと劇薬《げきやく》になるタイプの精油と、庭で普通に栽培されているある種の植物の抽出《ちゅうしゅつ》液だった。

「な、なんだか意外な感じがします。薫さんが、クライアントに対してそんなことするなんて」

「いくら気持ち良くなったり興奮したからって相手の同意も得ずに襲いかかってきた時点で、そのひとはクライアントではなくただの無礼者。容赦《ようしゃ》する必要はないんだよ」

香西は品よく微笑みながら、毅然《きぜん》と言い切った。

「薫さんは強いんですね」

佳人が羨《うらや》ましそうにつぶやくと、香西はふふ…と笑ってみせた。

「私はどちらかというと女性よりも男性を扱う方が得意なんだ。だから平気なのかも」

「え」

思わずどきりとして聞き返すと、香西は何か思い出したように「ふふ…」と小さく笑ってみせた。

「あのね、『アロマなんたらが何だ、そんなものは知らん！』て感じの頭の固そうな企業の部長さんなんかがね、奥さんに無理やり連れられてこられたりして。最初は胡散《うさん》臭そうにしてたのに施術の途中からだんだん香りが気持ち良くなって、頭では頑固に『アロマ』がなんだって思ってるんだけど、身体の方はもう受け入れ始めるんだ。そうなるともうこっちのもの。二回目は奥さんに連れられずにひとりでやってきたりして、そのうち私がブレンドしたオイルでメロメロになっていくのを見ると、本当に嬉しいし楽しいね」

言いながら微笑む香西の顔には、なにやら蠱惑《こわく》的な雰囲気が漂っている。

頭が固く頑固な男性の意識を、己の技術と香りの力で解放することに心底喜びを覚えているらしい。

「薫さんは…」

「なに？」

「あ、いえ。何でもありません」

なんとなく香西も同性を愛せる人間なのではないかと思ってはみたものの、そうした事柄を話題にするのはまだ早すぎるように思える。

香西が何か言いたそうに口を開いた瞬間、玄関のチャイムが軽《かろ》やかに鳴り響いた。

「おや、誰だろう。こんな時間に」

立ち上がり部屋を出ていく香西の言葉に、佳人も思わず時計を見上げた。午後十時半。いつもならとうに帰宅している時間だ。

『こんばんは。佳人の帰りが遅いので迎えに来ました』

玄関ホールから聞こえてくる声に佳人は驚いて立ち上がり、あわてて部屋を出た。

「藤堂さん…！」

急いで駆けつけた玄関ホールで声をかけると、ふり向いた香西の肩越しに藤堂の長身が現れる。心底ほっとしたように「佳人」と名を呼ぶ声と、顔を見たとたん何やら眩しそうに細められた両目。今にも香西を押しのけたそうに持ち上げられた右腕。少し汗ばんだ額と切れ長の目元を覆う髪の筋が、整った顔立ちと精悍《せいかん》さを際立たせている。艶のある黒髪が落とす影のせいで、普段は強いきらめきを放つ黒い瞳に、心配とは少し違う別の感情が揺らめいて見えた。——憂い？　かすかな怒り？

「藤堂さん、どうして…」

「何度かけても携帯に繋がらないから何かあったのかと思って…。横浜に連絡入れたらまだ帰ってないと言われるし」

藤堂は大きく息をつきながら、額を覆った手のひらで少し乱暴に前髪をかき上げた。佳人を心配するあまり何度もそうしたのだろう。スーツ姿で会うときはきれいに整えられている髪が今夜はずいぶん乱れている。

佳人はあわてて鞄《かばん》を置いてある部屋に行き、電池の切れた携帯を手に玄関に戻った。シルバーブルーの最新機種は、初詣《はつもうで》に出かけたとき藤堂が買ってくれたものだ。てっきり藤堂自身が使うのだと、ぼんやり見守っていた佳人は、契約《けいやく》完了後すぐに使える状態にセットされた通信機器を手渡されて心底びっくりした。自分が世間知らずだという自覚はあったけれど、こうしたものがただではないことくらい知っている。確か毎月の基本料金というものもあるはずだ。そうした支払いすべてを自分名義《めいぎ》で済ませてしまった藤堂に、「困る…」と訴えると、

『プレゼント』

あっさり言われて言葉を失う。

『佳人の自宅と、圭吾さんの携帯、それから俺の携帯と会社の番号だけ入れてあるから。働き始めたら携帯がないと不便だよ。何よりも、佳人と連絡が取れないと俺が不安になる』

猫の首に鈴をつけるようなもの。お願いだからもらってくれと懇願されて、佳人は戸惑いながらうなずいたのだった。その夜、家に帰ると、兄が同じメーカーのひとつ前の機種をいそいそと取り出しながら『就職の前祝いだ』と言い出したときには、どうしようかと焦ってしまった。藤堂からプレゼントされたことを正直に言うと、兄は思い切り不機嫌な顔で何やらつぶやいていた。

結局、ふたつも持っているのは不経済だし使いこなせないということで、兄が買ったものは兄が自分で使うことで落ち着いたのだけれど。

「ごめんなさい」

あまり使い慣れないせいで、電池の残量確認や充電をすぐ忘れてしまう。佳人が素直にわびると、藤堂はほっと肩の力を抜いた。

「事故にでも遭ったのかなって、圭吾さんも心配していたんだ。でも何でもなくて良かった」

「九時を過ぎたら、こちらの家電に直接かけてもらっても構わないよ」

それまでふたりのやりとりを黙って聞いていた香西が、大層魅力的な笑顔とともに割って入る。

両手を差し出し、今にも佳人を抱き寄せようとしていた藤堂は香西に視線を移した。

「そうですか。ではこちらの電話番号を教えていただけますか」

胸元から携帯を取り出し、香西に教えられた自宅と緊急用の携帯番号を手早く登録してしまうと、藤堂は感情の起伏を見せないなめらかな口調で礼を言い、さらに、

「平日は無理ですが週末は、遅くなるようなら迎えにきます。申し遅れましたが藤堂と言います。佳人とは家族同様のつき合いですので、もしも何かあったらこちらの番号に連絡を」

当人が何か言い挟む前に、あっという間に連絡先の交換をしてしまったふたりを見較べて、佳人の気持ちはなぜか萎縮《いしゅく》していく。藤堂がいつもと違う。何か固い膜《まく》のようなもので全身をコーティングしている感じがする。対する香西はどこまでやわらかな印象だ。

「それじゃ佳人くん、明日もよろしく」

「はい。…あ、薫さん、これ借りていた本です。ありがとうございました」

昼間返しそびれていた、一般書店では手に入らない香草事典をあわてて鞄から取り出して差し出すと、香西はそれを受け取りながら、視線を佳人の頭上に向けて不思議な笑みを浮かべた。

怪訝《けげん》に思った佳人がふり向くと、藤堂はすでに扉を開けて外へ出ようとしたところだった。

「帰ろうか」

扉の外から声をかけられ、佳人はあわててもう一度香西に挨拶をしてから藤堂のあとを追った。

玄関を出て数歩のところで藤堂が立ち止まる。どうしたのかと訊ねる間もなく、伸びてきた手に肩をつかまれ強く抱きしめられた。

「…と、藤堂さん？」

答えはなく、代わりに少し乱暴なしぐさで腰と背中に回った手が、すぐに首筋から肩、腕、そしてまた背中へと忙しなく動き回る。やがて無事を確かめるようにしみじみと、

「……良かった、何もなくて」

佳人の肩と首筋に深い吐息と声が染み込んで、それから男の額がおりてきた。それだけで、彼が今夜どれほど心配していたかが痛いほど伝わってくる。

「ぁ…」

肩から腰までが密着して、男の広い胸にすっぽりと包み込まれ、顔を埋《うず》めたスーツの袷《あわせ》からかすかに汗の匂いが立ちのぼる。きっと、連絡が取れなくなった佳人を心配して走り回ってくれたのだ。佳人の無事を確認するまでずっと緊張していたのだろう、背中に回した両手のひらに、張り詰めた皮膚

の強張りが伝わってきて申し訳なかった。そして同時に嬉しかった。

自分のことを全力で守ろうとしてくれるひとがいる。その安心感と、気にかけてもらえる嬉しさ。

言葉だけでは伝え切れない想いを両手に込めて佳人が男の大きな背中を抱きしめると、さらに強く抱きしめられた。どんなに強く触れあっても、胸にあふれる切ないほどの愛しさは伝わらない気がして、

「心配かけてごめんなさい。…ありがとう」

言葉にした瞬間、設定時間が切れたのか、玄関のセンサーライトがフッ…と消えて互いの姿が影に変わる。数メートル先の道を照らしている街灯のおこぼれと月明かりだけが頼りの薄闇の中で、いつの間にか項にたどり着いた藤堂の指先に、軽くなった襟足《えりあし》をやんわりとまさぐられ、そのくすぐったさに、佳人がほんの少し首をのけぞらせたとたん唇が触れ合った。

「…ん」

ただ重ねるだけのおとなしいキス。でも、他人の家の玄関先でこんなことをするなんて。

少し責める気持ちが湧き上がりながら、抗うことはできなかった。常識と恥じらい、それから細いきらめきのようなかすかな興奮の狭間《はざま》で佳人が身を強張らせると、それに気づいたように藤堂の唇は静かに離れていった。

「行こうか」

藤堂は佳人を抱きしめていた腕の輪を解くと、右手を佳人の背中に添えたまま歩き出した。山茶花《さざんか》の白い花弁が星のようにふり落ちたアプローチを数歩進んで門を抜け公道に出ると、左側の、香西邸

を囲む塀《へい》の途切れたあたりに、見慣れた藤堂の車が停めてある。ほんの数メートル、通行人のいない夜道をふたりはどちらからともなく手を繋いで歩き始めた。

「その髪、いつ切ったの？　よく似合ってる。だけど佳人は額や目元がきれいだから、そんなふうに他人《ひと》目につく格好をされると心配になるな」

「…昨日、薫さんに勧められて。仕事中は下を向いて作業することが多いから、なるべく顔にかからない髪型がいいって…」

過剰な賛美が照れ臭くて、短くなった前髪を指先でいじりながら佳人が答えると、繋いだ藤堂の手のひらにわずかに力がこもった。車のテール部分にたどり着き、左右に別れて乗り込む前に佳人は藤堂を見上げて手を伸ばした。

「僕とは逆に、藤堂さんはずいぶん伸びたね」

すっかりセットが乱れて両目にかかっていた前髪に触れ、額が見えるようかき上げながら、

「でも、藤堂さんにはもう少し短い方が似合うと思う。去年の夏、初めて会ったときくらいの方が…」

僕は好き。微笑んで自分の好みを主張したとたん、今度ははっきり藤堂の気配から暖色系の色が抜けた気がした。

「冷えるから、とにかく車に乗ろうか」

声は変わらない。けれどイグニッションキーを取り出しながら、さりげなく視線を逸らされた瞬間、何かがヒヤリと佳人の胃のあたりを撫でていった。

――この感覚には覚えがある。

鋭い刃物に触れると、皮膚がすっぱり割れたあとに遅れて痛みがやってくる。それと似ている。過去に受けた傷が疼いて、佳人は本能的に次に訪れるはずの苦痛に身構えた。

――大学に入って、彼の視線が僕から逸れることが多くなった。視線の次は気持ちが逸れる。そして最後は愛想《あいそ》を尽かして離れていく。『おまえには、もう飽きた』と言って……。

未来を暗示する記憶に強く目を閉じた瞬間、筆記用具や本、ノートが詰まったショルダーバッグが手の中でずんと重みを増したような気がした。

――ちがう。重くなったのは鞄の中身ではなく自分の心なのかもしれない……。

そんなふうに考えた瞬間、温かかった藤堂の手が佳人の傍からゆっくりと離れていった。

金曜日、午後九時四十分。

『只今おかけになった電話番号は、電源が入っていないか電波の届かない場所に……』

何度かけ直しても同じメッセージをくり返す携帯をにらみつけて、藤堂は小さく舌打ちした。佳人の終業時間である九時を五分過ぎたところで一度目の連絡を入れてから、今ので五回目。メッセージ通り、電源が入っていないか電波の届かない場所にいるだけかもしれない。相手が佳人でなければ、そう結論を出してあっさり諦めただろう。

「どうした？」

同僚《どうりょう》の三浦《みうら》がパーテーションの向こうから顔を出す。藤堂は手を上げて、ちょっと待ってくれと合図を送りながら、横浜にある佳人の自宅に電話を入れた。これも留守録。最後に圭吾の携帯へかけると、ようやく繋がった。

『…はい、鈴木です』

コール一度で出たわりに、いかにも嫌々という口調にめげている暇《ひま》はない。藤堂は佳人と連絡が取れないことを手早く説明してから、自宅にも帰宅していないことを確認すると通話を切った。

「どうした？　デートの約束すっぽかし続けて、とうとう彼女にふられたか」

飲みかけの缶コーヒーを手に三浦が近づいてくる。寝不足が過ぎてハイになっているのか、残業続きで疲れているはずなのに表情は明るい。藤堂はもう一度、先月自分が贈った携帯にコールして、六回目の虚《むな》しいメッセージを聞いてから思わず前髪をかき回した。

「そんなんじゃない、けど…まあ似たようなものか」

「珍しいな、おまえが仕事中にそこまでプライベートを持ち込むの」

「もういいかげん規定就業時間は過ぎてるだろ。ったく…。なんだってこう、次から次へと仕事が入ってくるんだ」

「仕事はできる奴のところに集中するものなんだよ」

飲み終わったコーヒー缶をごみ箱に投げ入れて、フロアに戻っていく三浦のあとに続きながら藤堂は肩をすくめた。確かに、藤堂の場合は仕事が遅くて残業してるわけではなく、物理的に任されている量が多いのだ。営業とはいえ、外回りをして仕事を取ってくるだけではなく、企業側の要望と製品の特性に合わせた宣伝方法の企画、さらに制作行程の立案《りつあん》もこなす。試作段階の製品の見学と打ち合わせ、企画書の提出やデザイナーへの説明。それから製作現場へもこまめに足を運んで企画の趣旨《しゅし》を伝え、最終的なミスを減らすのも重要な仕事である。日によって分刻みのスケジュールで動きながら、相手にはそうした忙《せわ》しなさを感じさせてはいけない。

「今日は、あと何が残ってるんだ?」

デスクに戻ったところで、三浦がもう一度声をかけてきた。

「テクノフェア用パンフレットの再校チェック」

「俺がやっといてやるから、おまえは彼女を迎えに行ってやれよ」

「いいのか?」

「去年、データのバックアップで助けてもらったからな。恩返し」

「サンキュ。じゃ、お言葉に甘えて」

申し訳ないと思いつつ、ひとのいい笑顔を浮かべて手をふる三浦に礼を言い、藤堂は手早く日報を入力して個人ページを更新するとPCの電源を落とし、コートと鞄を抱えてそそくさと営業課のフロアを出た。警備が常駐《じょうちゅう》している夜用ゲートを出て駅まで走り、週末で酔客《すいきゃく》の目立つ電車をおりるとマンションまでは全力疾走。そのまま部屋には戻らず地下駐車場へ直行して車に乗り込んだ。

佳人の勤め先の詳しい番地までは聞いてなかったけれど、確か駅から徒歩五分、しかも人気のあるサロンなら派出所にでも聞けば一発でわかるだろう。佳人に何もないことを祈りながら、藤堂は自由が丘を目指したのだった。


サロン『ルース』で佳人の確認をして胸を撫でおろし、車に乗り込んでから十五分。

最初の信号待ちで車を停めるまでふたりは無言だった。その間、藤堂の脳裏を占めていたのは収まりのつかない不条理《ふじょうり》な感情。

『藤堂さんにはもう少し短い方が似合うと思う』

そう言われた瞬間、自分のどこかで警告灯が明滅を始めた。

佳人は別に変なことは言ってない。けれど何かがひっかかる。妙に落ち着かない。このまま横浜の家まで送って別れてしまうのはまずい気がする。

信号が青に変わり、再び走り始め、藤堂はギアを四速まで上げてからアクセルを踏み込む力を少しだけ抜いて、

「明日は何時から?」

言外に今夜は何時まで一緒に過ごせるかと訊ねた。朝はそれほど早くなかったはずだ。

今日は金曜で、時刻はそろそろ十一時。本当ならこのまま自分の部屋に連れ帰ってしまいたいのに、佳人は明日も仕事がある。佳人が働き始めてから、確実に会える時間が減っている。一番困るのは休

日だ。サービス業の佳人は土・日も働き、休日は今のところ火曜日のみ。その火曜日は藤堂が一番忙しかったりする。

「土・日は午後一時オープンだから十二時までに着けばいいんだけど、少し早めに行ってボディケアの練習をしたいから…」

「練習って、去年俺の背中にしてくれたみたいなの？　相手は？」

「薫さん…だけど？」

新しい髪型に慣れないのか、佳人はしきりに襟足の物足りなさをおぎなうように首筋に手を添えながら、不思議そうに聞き返してきた。さっきからくり返し、その唇が自分以外の男の名を、…姓ではなく下の名で呼ぶのを聞くと、髪のことを言われたときと同じ感覚が込み上げる。

「名前で呼び合うんだ。ずいぶんフレンドリーな職場だね」

辛い気持ちを隠すために声の調子を抑えると、逆に素っ気ない物言いになってしまった。

「もとは薫さんの個人サロンだから…」

そのせいか佳人の返事も少し不安そうな響きを帯び始める。小さく消えた語尾のあと、サイドシートに座る姿も心なしか小さくなったようだ。途切れがちの会話に、藤堂は何度も口を開きかけては閉じ、閉じては開きかけ、やがてどうにも我慢し切れなくなった。

「――あのひと独身？　つき合ってる彼女とか、…彼とかは？」

「つき合ってるひとがいるかどうかは知らないけど、まだ独身らしいよ…。それが何か」

小首を傾《かし》げ怪訝そうに問い返されて、思わず歯嚙みしたくなる。

「物腰がやわらかくてやさしくて顔もいい。セラピストとしても成功してるみたいだし、すごくモテそうなのに、フリーっていうのが不思議だから」

嫉妬している自分を悟られたくなくて軽い口調で訊いたつもりなのに、ちらりと目の端で捕らえた佳人の顔から、す…っと血の気が引いていく。なぜそこで顔色が変わるのか。もっとよく表情を確かめて問い質《ただ》したかったのに運転中なのでそれはできない。

「…薫さんのことが、気になる？」

蚊の鳴くような佳人のつぶやきは、エンジン音にかき消される前に辛《かろ》うじて藤堂の耳に届いた。

「ああ、気になる」

自分が聞きたかった質問を逆にされて、思わず正直に答えた。

『サロン』という単語から、オーナーはホストのような人間だと藤堂は勝手に思い浮かべていた。しかし実際の香西は、体型や雰囲気で分けるとしたら佳人と同じ植物系、おだやかで無欲そうな青年だった。しかし藤堂はすぐに気づいた。彼には佳人にはないしたたかさがある、と。上品な物腰とおだやかでやさしげな容貌の奥に、ねばり強く強靭《きょうじん》な精神と、幅広く深い知識に裏打ちされた自信が仄見《ほの》える。別れ際に見せつけられた親しそうな様子と、佳人に注がれた愛おしげな眼差し、それを受けて佳人が浮かべた安らぎの表情。それが自分の前ではまだ見せてくれたことのない種類のものだと気づいた瞬間、藤堂の下腹のあたりで嫌な感情がぞろりと身をもたげた。

さりげなく肩に置かれた香西の手を、佳人は少しも厭《いと》う様子がなかった。藤堂が佳人の身体に触れるたびに払っている配慮の量を考えると、ひどく理不尽な気がする。そして何よりも『薫さん』と、香西を名前で呼ぶ佳人の声を聞いて焦燥感ははっきりとした嫉妬に変わった。

――まさかあいつに惹かれているんじゃないだろうな。

導《みちび》き出された答えに慄然《りつぜん》として無意識に眉をひそめ、藤堂は己の考えに囚《とら》われるあまり、隣で佳人が一瞬泣きそうな顔を見せたことには気づかなかった。

「今夜、もう少しつき合える?」

気をつけていたのに少しだけ口調が固くなる。佳人が握りしめた両手を胸元に引き寄せる気配を感じて、小さく舌打ちしながらウィンカーを出した。幹線道路を外れ車の少ないわき道に入り、どこかに車を停められる場所はないかと視線をさまよわせていると、

「…――藤堂さん、怒ってる?」

息を詰めた佳人が不安そうにささやいた。語尾がかすかに震えている。

「怒ってるわけじゃない」

はっきりと首を横にふりながら、胸の奥では複雑な感情が渦巻《うずま》いていた。

怒っていないと言えば嘘になる。かといって、怒っていると正直に告げて佳人をこれ以上不安がらせたくはない。責めるべきは佳人ではなく、自分の不甲斐《ふがい》なさなのだから。

佳人自身は無自覚だが、彼はとても魅力的だ。やわらかな声も、ゆったりとした話し方も、傍にい

てくれるだけで安心できるやさしい雰囲気も。相手の痛みを我がことのように感じ取り理解してくれる奇跡のような懐深さや、細心の注意を払って編まれた繊細なレースで何度も包み込まれるような気遣いと思いやり。藤堂にとって佳人は、唯一《ゆいいつ》心の底から気の許せる人間だ。彼の前でだけは完璧《かんぺき》な自分を演じる必要はない。その大切な存在を七年耐えて、ようやく再びこの手に抱くことができたのだ。失いたくない。今さら、誰かに奪われることなど考えられない。どうしたら確実に自分に繋ぎ止めることができるのだろうか。年末の、失敗に終わったセックスのあとずっと考え続けてきた命題。たぶん世の中の恋人たちが必ず一度は請《こ》い願うことを、藤堂もずっと思い悩んできた。

人通りも対向車も少ない道をしばらく走り、街灯と街灯の中間で車を止めサイドブレーキを引く。右側は砂利《じゃり》の敷かれた更地《さらち》、左側の葉を落とした並木と常緑の生《い》け垣《がき》はたぶん公園のものだろう。

「じゃあ、どうしてそんなに…」

不安そうな佳人の声に、香西の家を出てから言い聞かせてきた自制心がきしみだす。藤堂は両手で前髪を梳き上げ、そのまま首の後ろを押さえながらステアリングに肘《ひじ》をつき、胸から飛び出しそうな感情のうねりを抑えるために深く息を吐いた。

「髪を短くした方がいいって、どうしてそう思った?」

「え?」

「香西さんも長いだろ。あのひとは平気で、どうして俺には短くして欲しいんだ」

「それは…だって、似合うと思ったから」

「それだけが理由か？」

「他にどんな理由があるっていうの」

心底、どうしてそんなことで機嫌を損ねるのかわからないという表情で佳人は首を傾げた。

藤堂は自分でも制御しがたい衝動に突き動かされて左手を伸ばした。白くなめらかな頰に触れ、首筋をたどる。そのまま魅惑的な花の香りをまとった身体を引き寄せると、オーディオから流れる静かな音楽をかき分けて衣擦《きぬず》れの音がやけに大きく響いた。

「……っ」

手のひらの下に感じる佳人の首筋がかすかに張り詰め、唇を寄せかけた藤堂から遠ざかろうとした。それが無意識の動きだと、反応の早さから感じ取って切なくなる。

コンソールボックスを挟んでのキスは、互いに寄り添う気持ちがなければ難しい。

やる瀬ない思いで藤堂が身を離しかけると、佳人は自分がキスを拒みかけていたことにようやく気づいたのか、大きな瞳で見上げてきた。

佳人の瞳は光の下では淡くやわらかい印象だが、車内の薄闇の中では、吸い込まれそうなほど凝縮《ぎょうしゅく》された澄んだきらめきを放つ。奥二重《おくぶたえ》の普段は涼しげな目元が不安で大きく揺れ、意外と長いまつげが車外から射し込む街灯の光を受けて幻のような影を眼窩《がんか》に落としている。

「藤堂さん、キスを」

しよう…とあわてて続きをうながされ、逆に少し意地悪な気分が生まれた。

「身体が逃げてる」

「それは…」

「もう無理強いはしないって決めたんだ」

「――…それは、でも」

「帰ろうか」

「待って！」

サイドブレーキに置きかけた藤堂の左手に、細いわりに力のある指が絡みつく。

「藤堂さん…お願い、意地悪しないで」

うつむいてしぼり出すよう懇願されて、ようやく少し胸の支《つか》えが取れた。

「俺とキスしたい？」

両手で必死に腕を握りしめたままコクリとうなずくつむじに唇を寄せ、精油の移り香が甘く漂う髪に直接ささやく。

「抱いても？」

「………」

髪と腕。触れ合った場所から、佳人の迷いと不安が震えとなって伝わってくる。

『無理強いはしたくない』と言った舌の根も乾かないうちから、こんなふうに彼を追い詰める自分に嫌気がさす。それでも身体を繋ぐことで、どこか危《あや》うい自分たちの絆《きずな》を確かなものにしたいという気持ちが勝《まさ》った。

今、腕の中にあるこの愛しい存在を、自分がどれだけ大切に思っているか伝えたい——。

祈るような気持ちで返事を待つ藤堂の唇の下で、やわらかな髪がかすかに上下した。

のしかかる厚い胸板と、熱を帯びた吐息を思わず押し返しそうになる。

嫌だと叫んで突き飛ばす、そのぎりぎり寸前で踏み留まって目を閉じ、佳人は握りしめた両手をそのまま男の背に回した。震えと痺《しび》れでうまく力が入らない。すがりついてもしがみついても、海の底に沈んでいくような心許《こころもと》なさに泣きたくなる。

藤堂さん助けてと懇願しかけ、当の本人に抱きしめられ肌をまさぐられている状況に目眩がする。

わき腹から背中、そして腰へと、くり返し何度も撫で回されるうち、ニットの下に着込んだシャツがたくし上げられ腰と腹に空気が触れる。車内は適温に保《たも》たれているとはいえドア一枚隔《へだ》てた向こうは公道。十数メートル先で点っている街灯の明かりがぼんやりと車内に射し込んでくる。もしも誰かが通りかかり、車内をのぞき込んだら…。

「誰か…に、見られたら、どうす…」

「中から外はよく見えるけど、外から中はほとんど見えない」

心配するなとささやかれても羞恥心《しゅうちしん》が消えるわけじゃない。

「と、藤…堂さん、や」

止めて、と訴えかけた震える喉元をたどっていた男の唇から、皮膚に直接名前が染み込む。

——佳人…。

声のあとには舌が続く。耳のつけ根から耳朶を何度もたどり、ときどき甘噛みを加えてふたたび首筋からあご、そして今度は反対側の耳朶を唇で嬲《なぶ》られる。

「と……堂、さん。——…ぁ」

腿のつけ根あたりから生まれて後頭部へと走り抜ける痺れと、そのあとに続く虚脱《きょだつ》状態。そのくり返しで次第にぼんやりしてしまうのは、過去の記憶が連れてくる嫌悪感のせいなのか、それとも別の何かなのか、それすら判断がつかなくなってくる。

耳のつけ根とその後ろへの刺激に耐えかねて、あごを反らし身をよじろうとした瞬間、待っていたように唇が重ねられた。

「……ぅ…」

逃げたいのに逃げられない。汗ばみ始めた肌に触れる空気がひやりと熱を奪っていく。肌の表は冷えていくのに、身体の芯には熟《う》んだような熱が生まれる。吐く息は忙しなく、熱病のように唇を焼き始める。かさつく唇を何度も舌で湿らせてから、男の顔がわずかに遠のいた。

「藤…、堂さ…ん」

助けて、助けてとうわごとのようにくり返しながら、シャツのすそから忍び込む手のひらを追いかけ、止めようとして、やんわり押し返されてしまう。ニットの中でシャツの釦が外され、胸の半ばまでたくし上げられて、両方の乳首をつままれた刺激に両目を強く閉じた。そのまま何度か首をふり、のけぞった拍子にウールの感触が頬をかすめて消える。同時に、佳人の上半身はシャツの絡まる腕を残してあますところなく藤堂の視線にさらされてしまった。

男の両手が胸元から離れると、佳人はすかさずはだけられたシャツをたぐり寄せた。薄い布越しに自分の乳首が固く凝《しこ》っているのを感じて、どうしようもなく恥ずかしくなる。

「——…あ……ッ」

必死になって胸を押さえている間にウエストがゆるめられ、下着とともに膝までひきずりおろされた。止める間も、身をよじって抵抗する間もない。

無防備にさらされた下肢のつけ根に、大きな手が我が物顔で触れてくる。普段、陽にも風にも当たらない薄い皮膚と粘膜に、男らしく節高な手指が絡みつく。

「い…」

嫌と叫びかけた唇をもう一度ふさがれた。声の代わりに涙が出る。

「う…う、……っ」

「佳人?」

涙に気づいたのか、藤堂はそっと唇と身体を離し、気遣わしげに佳人の顔をのぞき込み、

「辛い?　止める?」

語尾のすべてに「どうか受け入れて欲しい」という懇願がにじんでいる。抱きたいと求められ、佳人の心の半分は喜んで、けれど半分は怖《おじ》じ気《け》づいてしまう。

ここで拒絶したら、今度こそ本当に愛想を尽かされてしまうかも知れない。溜息をつかれ『それほど嫌ならもういい』と。頼まれたって二度と抱くもんか、おまえ以外に、いくらでも相手はいるんだ。初めてでもないのに、何をもったいぶっているんだ…。

——…ちがう、藤堂さんはそんなこと言わない。

勝手に頭にあふれ出した罵倒《ばとう》を必死に否定しても、その言葉をさらに打ち消す声が湧き上がる。

言うよ。僕がいつまでもぐずぐずおびえて出し惜しみすれば、きっと言う。

だって彼は三カ月で僕に飽きた。つまらないから飽きたって前にも言われたじゃないか。

——彼って誰…?

脳裏で乱反射する問いかけに、佳人はびくりと身をすくめた。

「い、嫌だ」

考えたくない。突き止めたくない。その答えを認めてしまえば、今の幸せが崩れてしまう。

「それだけは…、嫌……」

心の深淵《しんえん》から浮かびかけた感情の欠片《かけら》をふり落としたくて、佳人は懸命に頭をふった。

「どうした佳人、大丈夫か?」

涙と汗でぼやけた視界に映る影は佳人が助けを求めているひとか、それとも完膚《かんぷ》なきまでに傷つけ打ち捨てようとする者なのか。その区別すらつかない。

「……――堂さん、助けて。助けて…」

しがみついて子どものように言い募ると、大きな腕がやさしく力強く抱きしめてくれた。その温かさと頼もしさに、佳人はようやくほっと息をつく。

精神状態がいつもと違うことは自覚している。自分が混乱していることも。

「こ、怖い…んだ」

「わかってる」

「でも、やめて欲しくない」

「…ああ」

藤堂の胸元に涙をこすりつけながら、幼子《おさなご》のようにしゃくり上げながらくり返す。

今夜ここで身体を繋げて、これまでとは違う絆を作らなければ取られてしまうかもしれない。

藤堂は香西に興味を示した。

――考えたくない。疑いたくはないけれど…。

香西はとても魅力的な人物だ。もしかしたら藤堂はひと目で気に入ったかもしれない。

視線が、好意が、自分から逸れて他人に注がれ、そのまま返ってこなくなる惨《みじ》めさと寂しさは嫌というほど経験した。だからどんなに抱きしめてくれても、その腕が少しでも離れると不安で仕方がない。

「い…やだ、どこにも行かないで…！」

必死にしがみついた佳人の額にやさしいキスとささやきが与えられ、同時に大きく広げられた両脚の間に男の身体が割り込む。右膝にあたるコンソールボックスの固い感触に身動《みじろ》ぐと、そのまぐいと持ち上げられ、今度は腿に藤堂の腰を感じてうろたえた。

「どこにも行かない。ずっと傍にいる」

「…ぁ…っ」

切ないような誓《ちか》いとともに、再び性器に指が絡みつく。敏感な皮膚と粘膜をこすられ、身をのけぞらせると胸にも首筋にもキスが与えられる。途中でふ…っと甘い香りが漂い、佳人は閉じていたまぶたを上げた。香りの正体を探ろうと目を凝らしても、薄暗い車内ではよくわからない。代わりに自分の下肢で蠢《うごめ》いていた藤堂の手のひらが奇妙に熱を帯び、動きに淫靡《いんび》なぬめりが加わった。

「な、な…に?」

「潤滑剤」

答えと同時に、濡れた指先が後口に潜り込んできた。最初に入り口をぐるりとなぞられ、刺激にすぼまった中心をえぐられる。

「――…ッ」

身をすくめたせいで、入り込んだ指をおもいきり食いしめてしまう。異物を挟んだその感触は初めてではない。だからこそ身体が敏感に反応する。

拒絶しようと強張り震える。過去の記憶におびえる頬に手のひらが添えられ、唇接けが与えられた。

藤堂は後口をほぐす指の動きに佳人が集中しすぎないよう、巧《たく》みに刺激を分散しながら少しずつおびえる身体を開いていく。間断なく蠢き続けていた指が後口から離れた瞬間、生まれた安堵《あんど》と奇妙な喪失感に佳人が視線をめぐらせると同時に、改めて両脚を抱え上げられ目の前に黒い男の影が迫り、押しつけられた生殖器《せいしょくき》が少しずつ入りこんでくる。

「…ッ――」

悲鳴をあげる寸前、佳人は自分の両手で口元を押さえた。

犯される恐怖で全身から力が抜けて、悪寒が腰椎《ようつい》から首筋、そして後頭部へと駆け抜けていく。

「佳人、大丈夫だから。君を抱いてるのは俺だ、他の誰でもない。目を開けて俺を見て」

哀願《あいがん》にも似た必死な口調に、涙で重くなったまぶたをわずかに開ける。

「…藤……堂さ…ん」

「そう。名前を呼んで」

「藤堂さ…ん、藤堂さん…！」

自分の内側を穿《うが》つ男の動きに翻弄《ほんろう》されながら、佳人は必死にその名を呼んだ。

救いと愛情、慰撫《いぶ》と安らぎを求め、捨てないで欲しいと願いながら。過去の記憶におびえる身体を、恋人に捨《す》てられるかもしれないという不安を理由にして無理やりねじ伏せ、男の求めに応じようと懸命になるあまり、佳人は藤堂がときどき浮かべる苦渋《くじゅう》に満ちた表情には気づけなかった。

最初は固く強張っていた四肢が少しずつゆるみ始めて、藤堂はようやくほっと息をついた。

重ね合った肌と肌の間に生まれた熱が、なかなか上がらなかった体温を導いて、やがてうっすらと汗ばみ始める。

「い、いや…ぁ」

涙ぐまれ、詰《なじ》られても、歯止めの利かない欲望のまま抱き続けたいと思うのは、愛しさから生まれる独占欲。やさしく見守るだけでは満足できない激しい恋情《れんじょう》。

「…と…堂さ、ん」

身の内に深く男の欲望を咥《くわ》え込んだまま、まるで誘うように汗で濡れ光る上半身がうねる。必死にすがりついてきた細い十本の指が、背中に小さな傷を刻む。

ひりつく痛みが今は嬉しい。互いに所有の証《あかし》を刻みつけて、他人の入る余地などなくしたい。

充血して紅く色づいた乳首を舌と唇で何度も甘噛みしながら、藤堂は腰を浅く蠢かし、わずかな抜き差しを執拗《しつよう》に繰り返した。佳人は深い部分よりも浅い場所の方が感じるらしい。埋めていたペニスをゆっくり引き抜き、抜け落ちる寸前ぎりぎりのところで二、三度ゆるく円を描くように回してから小突いて軽く押し込むと、入り口の粘膜《ねんまく》が息も絶え絶えな呼吸に合わせて小刻みに開閉をくり返す。

「ぁ…あ…っ、ん…」

まといつきしぼり込むようなその刺激に、藤堂の背筋から項にかけて痺れるほどの快感が駆け抜け

る。同時に脳髄《のうずい》と胸で同時に光が拡散《かくさん》した。下腹部で渦巻いていた煮えたぎるような熱の一部が、腕の中でもだえる愛しい存在の内側に染み込み広がる。

「…し…人、佳…人…っ」

何度も名を呼びながら、これ以上は無理という場所まで深く欲望を埋め込み、最後のひと滴《しずく》まで漏らさぬよう注ぎ込む。七年前、佳人を犯した男たちの残像を打ち消し、代わりに自分という存在をしっかりと刻みつけたかった。体内に吐精《とせい》した瞬間、右腕に抱えていた佳人の片脚がわずかに硬直し、次いであがくように小さく蹴り上げるしぐさをくり返してから弛緩《しかん》した。

浅く忙しない呼吸をくり返す佳人の口元に、藤堂はゆっくり唇を寄せた。いつもは楚々《そそ》とした桜の花びらのような唇が、今はぷくりと充血して艶やかにほころんでいる。熱い呼気のせいで乾いてしまった粘膜を舌でやさしく湿らせてから、口中深く舌を挿し込む。飲み込み切れなかった唾液《だえき》があふれて佳人の唇の端を伝い落ち、首筋や鎖骨が薄闇の中で鈍い光を放つまで舌を絡ませ合ったあと、藤堂はようやく少しだけ身を離した。

「…ぉ…わった？　藤堂さん、これ…で終わり……？」

うるんだ瞳とすがる声で確認されて、さすがに胸が痛んだ。

痛みのないようやさしく、できる限りの注意を払ったつもりだったけれど、最後の方は自信がない。

「――辛かった？」

「よく…わからな……」

かすれて途切れがちな佳人の声を聞きながら、淡く射し込む街灯の明かりにほんのり浮かび上がる上気した頬と、流れる汗で濡れた額を確認して、ほっと息をつく。

抱きしめた身体は常《つね》より熱い。こめかみを流れ落ちる汗は、脂汗《あぶらあせ》や冷や汗ではなさそうだ。

深く埋め込んだままの欲望をゆっくり引き抜きかけたとたん、佳人の顔が苦痛に歪む。

「痛い？」

「ちが…、なにか…変」

「ここは？　痛くない？」

まだ繋がったままの入り口の粘膜に指を添えて軽くなぞると、佳人の薄い身体が軽くのけぞった。

「や…、触らない…で——」

佳人は胸を突き出すように反らした直後、小さな悲鳴をあげて今度は海老《えび》のように丸まろうとした。

「どんな感じがするのか教えて。痺れてる？　それとも」

藤堂の胸元に顔を押しつけうつむいたまま、いやいやと首をふる佳人に声をかけると、

「ど…して、そんなに意地悪を…」

するのかと、くぐもった声でぼそぼそと詰《なじ》られて、藤堂はようやく我に返った。

佳人の身体の調子を心配するあまりピロートークの範囲を越えていたことにようやく気づく。

「ごめん。意地悪じゃないよ」

「…意地悪だ」

「ちがうよ、佳人。愛しているんだ」

甘くささやくと、頑に顔を伏せていた佳人の肩がわずかにゆるみ、

「藤堂さ…ん、僕のこと……まだ好き？」

自信のない、今にも泣き出しそうな声を出した。

その声を聞いて、今度は藤堂の方が心配になる。

たった今あれほど強く抱き合って愛していると告げたのに、佳人はなぜこれほど不安がるのだろう。

これまでも何度か見せられた、その憂《うれ》いの理由を聞かせて欲しい。

「どうして、そんなに辛そうな顔をするんだ？」

「——誰か、他のひとを好きになるんじゃないかと思って…」

「……！」

花びらが散り落ちるようにまぶたを伏せ、どこか諦めを含んだ佳人のつぶやき。それが、大学時代に自分が与えた心ない仕打ちに対するおびえだと、藤堂は気づいた。

穿《うが》たれた傷の深さを埋めるように、以前は言えなかった想いを告げる。

「俺は…佳人が好きだよ」

なだめるように言い聞かせるように、根気よくささやきながら、汗と涙と互いの欲望の残滓《ざんし》が残る佳人の身体を丁寧《ていねい》に清めて服を整えてやる。それから乱れてしまったやわらかい髪を指先で何度も梳き上げ、くったりと弛緩している身体を宝物のように抱きしめて、もう一度、臆病な恋人に唇接けた。

「ずっと前から佳人が好きで、これからもずっと好きだ」

「…僕も、藤堂さんが好き」

唇をかすかに触れ合わせたまま、吐息のように佳人が答える。

その瞬間、藤堂の胸がざわめいた。『藤堂さん…』と、溜息のような声で呼ばれるたび胸の奥で何かが叫ぶ。はにかんだ笑顔を向けられるたび、闇に押しやられるもうひとりの自分がいる。追いやられ否定され拒絶された自分の一部が、取り戻せない時間の彼方で慟哭《どうこく》している。

──許してくれ。気づけなかった、助けられなかった俺を。傷つけてしまった俺を。

叫んで悔やんで、何度でも許しを乞う。

「藤堂さん、どこか辛いの？」

自分の身に受けた負担の方が重いだろうに、佳人のかすかに震える指先が藤堂の項を抱き寄せ、そのまま何度か首筋から肩をさまよう。慰めと労りの粒子《りゅうし》が汗に濡れた背中にじわりと染み入る。

このやさしさと愛情が、永遠に無尽蔵《むじんぞう》に注がれると錯覚して、そして一度失った。

「佳人、頼むから…」

──俺の名を呼んでくれ。昔のようにすべてを受け入れてくれ。

それがどんなに身勝手な願いかわかっているから、どうしても口に出せない。

佳人が俺の名を、昔のように名前で呼ばないのは無意識の防衛本能だ。最初はわざとだと思っていた。けれど年末、目黒《めぐろ》のマンションで抱き合おうとしたとき、佳人が無意識に救いを求めて叫んだ名は『藤堂』だった。七年前、彼を痛めつけた『大司』と今の『藤堂』は別人だと処理することで、佳人はなんとか俺を受け入れてくれている。消えがたく残っている心の傷が膿《う》んでしまわないよう守っている。

それは本人が自覚しているより深い場所に身をひそめ、その上に幾重《いくえ》にも重なる無意識と意識の層を経《へ》て警告を発している。その男を信じるな。またひどい目に遭うぞ、と。

そんな状態の佳人に、なぜ名前を呼んでくれないのかと問い詰めるのは危険だ。

「佳人」と、もう一度名を呼んで、心底からは自分を信じてくれない恋人をその歪《ひず》みごと胸に抱く。

「疲れたなら眠っていい。あとは俺に任せて」

「ん…」

どうか俺を信じてくれ――。

口にできない願いが喉元を滑り落ち、胸の底にふり積もる。

誰よりも大切にしたい相手に、差し出した真心を信じてもらえないことは辛い。その辛さに耐えることが、昔のように名前で呼んでもらえないことが、自分に科せられた罰なのかもしれない。

どれほど謝罪しても時を経ても、佳人の傷痕《きずあと》が消えてなくなることはない。

自分にできるのは、その傷痕ごと彼という存在を受け入れ愛していくことだ。

どこかに歪みがあっても、拒絶されても、いつの日かすべてが受け入れられることを信じて。

二月の最終週、土曜日。

この日サロン『ルース』は香西の都合で五時に終了となった。予定を知らされたのは当日。休憩時間にそのことを携帯で藤堂に伝えると、嬉しそうな声で『デートしよう』と誘われた。

藤堂が自分以外の誰かに興味を示すたびに生まれる、強迫観念《きょうはくかんねん》じみた恐れに追い立てられ、求められるまま身体を重ねた夜から一カ月。

藤堂はあの日以降、土曜日は必ず佳人を迎えに現れるようになった。そしていつでも佳人の希望を優先してくれる。デートコースも毎回二、三種類は考えていて、その日の佳人の体調や天候に合わせて臨機応変《りんきおうへん》に対応したりする。今夜は時間が早いこともあり、香西に勧められて興味を持ったカラーセラピー用のガラスボトルが見たいという佳人のひと言で、場所は青山《あおやま》から表参道《おもてさんどう》に決定した。

土曜ということで、ショッピングやデートにくり出した人々で混んでいる道では、かならず藤堂が佳人を守るようにぴたりと寄り添い歩いてくれる。

イクイリブリアムと呼ばれる色とりどりのボトルを扱うカウンセリンググルーム兼ショップに足を踏み入れたとたん、ショップアドバイザーたちの視線が藤堂に集中した。

今夜の藤堂はざっくり編んだ白のカシミアセーターにプラムカラーのコーデュロイパンツで、店内に入ると同時に脱いでしまったバーバリーコートを腕に抱えている。注目されることには慣れているのか、藤堂は落ち着いた態度で自分はつき添いであることを示し、佳人が製品の説明を受けている間

は、他の女性アドバイザーに声をかけられてもさりげなく距離を置いていた。しかし、

「あれ、藤堂さん？」

明らかに喜びを含んだその声に佳人が驚いてふり向くと、少し離れた場所に立っていた藤堂に駆け寄る女性の姿が見えた。ウエストを強調しながらもストイックさを忘れない細身のスーツにパンツスタイルと、左手に抱えた書類ケースらしい鞄が、いかにもできるキャリアウーマンを主張している。

それまでアドバイザーを適当にあしらっていた藤堂が、その女性とは立ち話を始めたことに佳人は驚いた。顔には余裕のある笑みまで浮かべている。

「お客さま、どうしました」

隣で説明してくれていた店員の声も素通りしてしまうほど、佳人はその場に呆然と立ち尽くした。

すぐに佳人の視線に気づいた藤堂が女性と一緒に近づいてくる。

「誘ってもらえるのは嬉しいけど、今夜は連れがいるから」

「連れって、どこに？」

「彼とね、デート中だから」

そう言って藤堂がこちらを指差した瞬間、パンツスーツの女性がほっとしたことに佳人は気づいた。

たぶん「連れ」と聞いて彼女だと思い込み、それが男の佳人だったので「なんだ、友達か」と安心したのだろう。

「佳人、このひとは同僚の江上《えがみ》さん。江上さん、こちらは鈴木くん」

それ以上でもそれ以下でもない素っ気ない紹介のあと、藤堂はおだやかに江上を遠ざけて佳人を安心させたのだった。

ショップを何軒か回ったあとハーブ料理で有名なトラットリアで夕食を摂《と》り、夜景を眺めながらドライブをして横浜の家に戻った。

「上がっていって。お茶を淹れるから」

「あれ。圭吾さんは、もう寝てる？」

家の外から見える場所に明かりはない。自分で鍵を開けようとしている佳人を見て意外そうに確認してくる藤堂の声に、指先が少し震える。

「今夜は留守で、…明日の昼まで帰ってこないから」

ドアを開けたまま玄関に入り明かりを点けることで、誰もいない屋内に男を招いた。

「……いいのか？」

わずかな沈黙のあとの確認。それが藤堂の気持ちを雄弁《ゆうべん》に物語る。茶を飲むだけでなく、それ以上のことをしていいのかと。佳人はふり返らず、男に背を向けたままうなずいた。

自分から誘うような行為の底には焦りがある。

――薫さんも、さっきのショップで話しかけてきた女のひとも、僕よりずっと魅力的だから…。

藤堂が自分以外の誰かを見つめるたび、その眼差しと興味が二度と自分に戻ってこなくなるという恐れが佳人の心には常にある。だから何とかしなければ。

土曜の夜、もしくは日曜日に佳人を送り届けるたび、何度か座ったことのあるリビングのソファに藤堂が腰をおろしてくつろぐのを確認してから、佳人は手早く用意したティーセットをローテーブルに置いた。かすかな茶器の音が響いて、華やかなジャスミンの香りが広がる。

佳人は、藤堂の横顔が見えるくの字型のソファの一辺《いっぺん》に座るとカップを持ち上げて口元に寄せ、

「…藤堂さん、ジャスミンの香りが持つ効能って知ってる？」

「効能…。確か、落ち込んだ気分に効くとか、香水に使われるとか」

「そう。それに昔から、ある国では結婚式の前にこの花のオイルで全身を清めたりする」

魅惑的な花の香りを口に含んでから、少しかすれたささやき声で問う。

「その意味がわかる？」

首を傾げている藤堂を、ちらりと控えめな上目遣《うわめづか》いで見つめながら、

「催淫《さいいん》効果があるんだ」

言い終わったとたん、恥ずかしさで頬から首筋にかけて血がのぼるのを感じた。きわどい台詞《せりふ》を告げて視線を逸らす。そんな無意識のしぐさが男を誘っていることに、佳人は気づいていない。

互いの間に流れる空気がふ…っと変わり、茶器をローテーブルに戻した藤堂の指先が頬に触れてきた。それがいつもより熱いと感じた瞬間、身体の芯に生まれたわずかなひるみをねじ伏せて、佳人は自分から男にキスをねだった。その精一杯の意思表示を藤堂は読みまちがえることなく、よけいなことは何も言わず何も聞かずに抱きしめてくれた。その胸の中で、佳人は安堵の吐息をつく。

良かった…。自分はまだ、彼の関心を惹くことができている。

キスをねだり、与えられながら、佳人は懸命に相手の快楽に奉仕《ほうし》しようとした。自分がしてもらって気持ち良かったことと一般的な知識を総動員して、どうすれば満足してもらえるか必死に考える。けれど、頭で考えるほどには身体が動かない。唇接けの合間に息をつき、自分の服がほとんどなくなってからもたもたと相手のシャツにすがりつき、震える指先で釦を外そうとして、

「どうした、今夜はすごく積極的だね。ジャスミンの香りのせい？」

楽しそうな声が耳元で響いて、舌が挿し込まれる。耳朶とその下の首筋が佳人は弱い。震えながらのけぞると、その動きに合わせて男が覆い被さるようにのしかかってきた。仰向けで自分から足を広げるのは、何度経験しても羞恥心以外の強い抵抗感がある。ソファと腰の間に何かやわらかな布の塊《かたまり》が押し込まれた…と感じた次には、腿の内側が攣《つ》るほど右脚を大きく持ち上げられた。

「……っ」

室内は暖色を帯びた白熱灯に照らされている。その眩しさを遮《さえぎ》るふりで、佳人は両腕で顔を隠した。怖がっておびえる表情を見られてはいけない。藤堂の興を削《そ》ぐような真似はしたくない。満足してもらえなければ、飽きられる前に呆れられる。――つまらないと言って捨てられる。

「…ん……っく」

露にされた後口に指先が当てられ、次いで人さし指と親指でやわやわと入り口を揉み込まれる。最初は乾いていたそこはすぐに汗で湿り始めた。第一関節まで入ったところでいったん指が遠ざかり、

そしてすぐに戻ってきた。濡れてはいるけれど粘《ねば》りはない。何だろうと思った瞬間、そこからふわりと花の香りが漂って、藤堂がお茶の飲み残しを利用したことがわかった。水気を帯びた指で何度もそこをほぐされたけれど、慣れない佳人の身体に負担をかけないためにはそれでは足りない。

「…何か、ある？」

乳首をいじられながら潤滑剤の代わりになるものがないかと聞かれて、佳人はわななく腕でソファ横のサイドワゴンにあるハンドクリームを示した。クリームは手作りで、保湿成分をたっぷり含んだ植物性のオイルが入っている。

藤堂は佳人から離れる部分を最小限に留めたまま素早く動いて小さなガラスケースを持ち上げた。蓋《ふた》を開けるかすかな気配のすぐあとに、改めて脚を持ち上げられぬめりを帯びた指が腟壁《こうへき》にもぐり込む。クリームが塗られた場所は温《ぬく》みを持ち、緊張で引きしぼられていた皮膚が少しずつゆるみ始めると、ジャスミンの残り香に、淡いローズと清涼感のあるネロリの香りが混じる。

「あっ…、あ――」

絶え間なく刺激を与え続けていた指の感触が抜けて、代わりにもっと熱くて重量感のあるものがぴたりと押しつけられる。同時に、流れる汗で少し冷えてしまった佳人の胸を温めるように藤堂の上半身がゆっくりおりてきた。男の影が視界を覆った瞬間、佳人は耐え切れずに叫んでしまった。

「ま、…って、待って…！」

藤堂の動きがぴたりと止まり、一瞬の硬直のあと、何も言わず身体が離れてゆこうとする。

隠して小さな溜息をついたのがわかった。そこに深い落胆と忍耐の気配を感じ取った佳人は、あわてて言いつくろった。

「ちが…、ちがう。藤堂さん、そうじゃなくて」

「いいんだ佳人。無理はしなくて」

やさしい慰めが辛かった。

「そうじゃなくて、…た、体勢がだめなんだ。まだ、…慣れてないから」

抵抗できない状態に身体を押しつけられるのが苦手なのだとしどろもどろに説明して、それでも離れてしまった藤堂の身体が戻ってこないことに焦れて、佳人は自分から近づいていった。

ソファから離れかけていた男の身体を押し止め、腰かけた膝の上に自らまたがる。

「こ、これなら大丈夫だと思う」

「佳人…」

「でも…うまく届かない。藤堂さん、もっと前に出て。浅く座って…」

「向き合ってじゃ無理だよ。佳人はむこうを向いて」

慣れない体位でセックスするにはリビングのソファは狭すぎる。一度、行為を止めかけた藤堂は、佳人の積極性に煽《あお》られて、求められるままに戸惑う佳人を導いた。

「俺が腰を支えていてあげるから、そのままゆっくり正座するみたいに腰をおろして…、そう」

自分から望んだこととはいえ、後ろ向きで相手の顔も見えないまま、後口の粘膜に感じるペニスの感触だけを頼りに動くのは辛かった。

「…ッ、い…ぁ」

男の欲望が少しずつ入り込んでくるその深さに合わせて、背中に藤堂の胸の温もりが近づいてくる。腰を支えていた両腕がわき腹から胸へと這い上がり、下肢の結合《けつごう》が半ばまで終わったところで乳首を嬲られた。

「——も…、無理」

これ以上慣れない角度で男の欲望を迎え入れるのは無理だと、おそるおそる弱音を吐くと、

「いいよ。今はこれで充分だから」

耳朶を唇で噛みながらのささやきはとろけるようにやさしかったけれど、動くこともできず硬直している佳人の中で脈打つ性器の硬さと熱さが、男の耐えている衝動の強さを表していた。

「嬉しいよ、佳人からこんなふうに求めてもらえて」

「だって…」

涙ぐむ佳人の脳裏には、数時間前に青山のショップで見かけた藤堂と同僚の女性の姿が焼きついている。藤堂のまわりには魅力的な人間がたくさんいるのだから、せめて求められているうちに満足して悦《よろこ》んでもらえなければ、自分などすぐにお払い箱になる。

「だって、前は——」

七年前は数カ月しか、彼の興味をとどめておけなかった。思い出したとたんぐずぐずと涙があふれ

て、混乱したまま腰を使おうとした。けれどたった一回か二回、自分の体内で男の欲望が上下したとたん、佳人は息を詰めて、やっぱりダメ…と涙に濡れた唇を噛みしめた。

中途半端《はんぱ》にペニスを含んだ中腰のまま、発表会で失敗した子どもみたいな情けない気持ちに耐えていると、やがて藤堂の腰が静かに円を描くようにゆるやかな動きを始めた。

「や、…ぁッ！　だ…め」

「痛くない？」

「——ん、う…ん」

しばらくすると波のうねりのような揺籃《ようらん》にわずかな抽挿《ちゅうそう》がまじり始め、徐々に激しさを増していく。

「と、藤堂さん…、藤堂さん！」

「…ここにいるよ、佳人。辛くないか？　気持ちいい？」

息を弾ませながら、それでも自分の欲望を優先せず佳人の身を気遣ってくれる。そのやさしさがあるから、耐えられるのだ。

「…ん」

嘘じゃない。愛しい男に抱かれれば身体の芯に蜜のような疼きが生まれる。けれどそれはなかなか全身に広がってくれなくて…。藤堂の欲望が腔壁の奥で弾ける頃になっても、佳人の肌は冷たい汗に濡れていた。

「…——ッ」

小刻みな抽挿が一瞬止まって、体内に熱い飛沫が迸《ほとばし》る。そのまま何度か蠢いたあと、男の身体がゆっくり佳人から離れていく。支えをなくしたとたんぐらりと揺れた身体を抱きしめた藤堂が、佳人の冷たい汗に気づいて切なそうな溜息を漏らした。

「佳人、――本当に気持ち良かったのか？」

「……うん」

かつて強姦されたことがあり、同意の上での性交経験自体が貧弱な佳人にしてみれば、痛みと嫌悪感がなく、代わりにわずかでも快感があれば、それは十分「気持ちいい」ということになる。正直に答えたのに、佳人を見つめる男の瞳はひどく悲しそうに歪んでいる。

――ああ、やっぱり僕は藤堂さんを満足させてあげられない…。

恋人の要求にきちんと応えられない自分が情けなくて辛くて、佳人はそっと顔を伏せ表情を隠した。

佳人がサロン『ルース』で働き始めてから二カ月が過ぎた。そろそろ早咲きの桜がほころぶ季節。

「最近何か悩んでいることでもある？」

朝の清掃と室内チェックを終え、花器に生けた黄連翹《れんぎょう》のバランスを整えていた佳人は、隣に立った香西にさらりと尋ねられて思わず手を止めた。指先の当たった花弁が一枚、音もなく枝を離れる。

カウンターに落ちた黄色い花びらをつまみ上げ、気持ちだけ半歩引きながら佳人は訊き返した。

「どうして…ですか」

「なんとなく。ここ半月くらいへこんでる、というか気持ちが内向きになってるから」

「仕事に響いてますか？」

「ああ…うん。いや、直接ではないけど」

香西は仕事中や講習中もそうであるように、やわらかな声音で言葉を選んだ。

サロンを訪れるクライアントは心身のどこかに不調を抱えていることが多く、彼らに相対するセラピストという仕事は相手のマイナス面を浴びやすい。だからこそ、まずは自分自身をバランスよく保つための自己コントロールが欠かせない。

「特に佳人くんみたいな感応力《かんのうりょく》の高いひとはね、相手の痛みや苦しみを感じ取ると、それをそのまま我がことととして取り込んでしまいがちだから、うまく分けて防御する技術が必要になる。それに弱ってきたなと思ったときに自己修復できる技術も」

それは私の知識の及ぶ限り伝授《でんじゅ》するつもりだけど。香西はそう続けて微笑んだ。

最初の一カ月はアシスタント兼見習い状態だった佳人だが、半月前からときどき香西のクライアントの中でも特に気心の知れた人物を紹介してもらい、施術させてもらっている。トライアルコースという名目で、本来の正規料金より格段に安い値段だからという理由もあるが、評判は上々。香西にもセンスがいいとほめられた。

香西はこれまで、どんなに熱心な希望者でも決してアシスタントや講習生を受け入れたことはなく、佳人についても最初は恩のある先輩に頼まれて仕方なくだったと、あとで教えてもらった。その彼が自分の顧客《こきゃく》を練習台として紹介するということ自体、それまでの香西を知る人間からすると驚天動地《きょうてんどうち》の出来事らしい。

『佳人くんは、真面目な勉学の結果である豊富な知識と、何よりもセラピストとして大切な感応力をもっている。すぐれた音楽家や画家に特別なセンスが必要であるように、カウンセラーやセラピストにも特殊なセンス…、感覚が必要になる。個人差があって、知識だけでは埋められないもの。修練《しゅうれん》や経験を積めば会得《えとく》できるとは限らないものがね』

そんなふうに自分を認めてくれる香西に対して、佳人は深く感謝している。けれど藤堂が彼に示した興味の強さを思うと、どうしても一線を引いてしまう。

「個人的なことなので…」

プライベートが仕事に影響することは人間である以上避けられない。それでも理性的に対処できない自分が情けなかった。そんな佳人の戸惑いすら承知している様子で、香西はうなずいた。

「うん。それじゃ、仕事が終わってからにしようか。いい？」

自分よりも三つ年上なだけなのに、香西には兄の圭吾と同じような温かさと懐深さがある。彼が信頼に足る人間であることも、この一月半の間に充分すぎるほど理解している。

「…はい」

うなずくと、香西は黄色い花びらをつまんだ佳人の指先にそっと触れてから離れていった。

約束通り一日の仕事を終え、後片づけと明日の準備を兼ねた講習を受けてひと心地ついたところで、香西は秘蔵の紅茶を淹れてくれた。念入りに研磨《けんま》された樫《かし》の木のテーブルに向かい合わせに座ると、目の前にロイヤルブルーのティーカップが静かに差し出される。

雑談態勢に入った香西は、佳人にどうぞと勧めながら何気ない調子でたずねた。

「そういえば、この間の彼。藤堂くんだっけ。彼との関係はうまくいってるの？」

口に含みかけた美しい琥珀《こはく》色の飲み物が、とたんに苦くなったような気がして佳人はカップを受け皿に戻し、口ごもる。

「僕たちの関係…って」

これまでプライベートにはほとんど立ち入らなかった香西に、いきなり水を向けられて戸惑う。とっさにどう説明するべきかと焦り、すぐに、ただの友達だと言えばいいだけだと思い直す。けれど次の瞬間、これまで佳人にあまり縁のなかった強い独占欲が飛び出して、気づいたときには、

「あの、僕と藤堂さんは、その…所謂『おつき合いをしている』仲なんです」

彼は自分のものだから盗《と》らないでと予防線を張りかけた直後に、佳人は自分の発言の危うさを自覚した。けれど訂正する気にはなれない。香西が他人の性指向で態度を変えるような人間でないことはわかっている。だからこそ、牽制《けんせい》する必要があると思ったのだ。

「知っているよ。一番初めにここへ迎えにきたとき、玄関先でキスしてたでしょう」

「見…てたんですか」

香西は小さなウインクひとつで、佳人の気まずさを払拭《ふっしょく》してみせた。

「最近元気がないのは、彼とのことで悩んでいるから？」

やさしく聞かれて、素直にうなずきそうになり、あわてて顔を上げ、

「別にそういうわけじゃ…」

できるなら相談したい。けれど安易《あんい》に藤堂との関係をあれこれ話して、香西が必要以上に藤堂に興味を持ったら…。そう思うと怖くてできない。藤堂の方はすでに香西に興味を持っているから尚更《なおさら》。

黙り込んでしまった佳人を見つめて、香西は困ったように微笑んだ。

「私は佳人くんの力になりたいと思ってる。雇い主としても師匠《ししょう》としても、そして個人的にも」

「それは、嬉しく思ってます。でも…」

「何か気にかかることが？」

香西が自分をとても気にかけてくれていることは、普段のやりとりからも充分伝わってくる。

佳人は、今夜もこうしてわざわざ時間を割《さ》いて親身《しんみ》に悩みを聞こうとしてくれるのに、嫉妬や疑《ぎ》心暗鬼《しんあんき》からその親切を拒絶し続ける自分が情けなくなった。

「あの、…薫さんが、もしも藤堂さんのことを好きだったら」

とても困る。語尾を濁《にご》しつつ正直に打ち明けたとたん、香西は大きく目を見開いてひと言、

「それはない」

きっぱり否定してから改めて、いかにも心外だと言わんばかりに肩をすくめてみせた。

「なるほど。佳人くんはそういう心配をしていたのか」

簡潔明瞭《かんけつめいりょう》に疑いを否定してもらい、佳人は詰めていた息を吐いた。それでもまだ胸の底にこびりついた不安は消えない。

「じゃ、あの、もしも藤堂さんが薫さんのことを誘ったりしたら……」

「私の好みは佳人くんみたいなタイプだから、ああいう大きくて不器用そうな彼に誘われてもなびいたりしない。それはともかく。ええと、彼にそういう気配があるの？」

香西は優雅なしぐさであごに指を軽く当てながら、わずかに眉をひそめた。

今は藤堂のことで頭がいっぱいで、佳人は香西が示してくれた好意にまでは気が回らなかった。それよりも香西の声に、藤堂に対するかすかな憤《いきどお》りがまじるのを感じ取り、あわてて言葉を選び直す。

「僕が…、彼の要求にうまく応えることができないから。…だから」

「要求？」

香西は続きをうながすようにやさしく反復してから、ティーカップを受け皿に戻した。ベルガモットのさわやかな香りとダマスクローズのかすかな甘さが鼻腔《びこう》をくすぐり、緊張感をやわらげてくれる。

香西が藤堂に対して恋愛感情など抱きそうもないことに安心した佳人はほっと息をついてから、これまでひとりで悶々《もんもん》と抱えてきた不安をぽつりぽつりと打ち明け始めた。

藤堂から求められても、自分から彼を求めても、結局最後はなぜか辛い。そして藤堂も、ときどきとても辛そうな表情で佳人を見つめることがある。本人は気づかれていないと思っているけれど、佳人はひと並以上に相手の心の動きを察してしまう。

「彼が無理強いするとか、佳人くんの意に添わないことをさせようとするとか」

「いいえ」

「何か、本人に相談できない理由がある？」

香西にやさしく問われて佳人はきゅ…と唇を嚙んだ。己の心を探り、出てきた答えは、

「……鬱陶《うっとう》しがられるんじゃないかと思って」

「彼はそういう人間なの？」

香西の眉が今度はもう少し強くはね上がる。佳人は我に返り、急いで頭を横にふった。

「いいえ、そんなことはありません。藤堂さんはいつも僕のことを考えてくれます。でも、彼が溜息をついたり考え事をして、心ここにあらず状態になるのを見ると不安で、すごく不安で…」

こっそり溜息をつかれるたび、『もう僕に飽きてしまったのかもしれない』と不安になる。

どんなにやさしくされても、この笑顔を向けられるのは今日が最後かもしれないと悲しくなる。

デートの最中に藤堂が他の女の人や男の人に視線を向けただけで、すぐに別れを切り出されるような気がして、彼の好意を引き止めておけない自分に嫌気がさすこともある。

「……僕はどうして、そんなふうに感じるんだろう」

佳人が自分の胸に手を当てて黙り込んでしまうと、香西は静かに席を立ってダイニングルームへ消えた。すぐに冷蔵庫を開閉する気配とガラスの器《うつわ》の触れ合う涼やかな音が響き、かすかに甘い香りが

漂ってきた。戻ってきた香西の手には華奢な器が二個。

「私の知っている藤堂くんという人物は、佳人くんのことをとても大切に思っていて、まめで甲斐甲斐《かいがい》しい理想の恋人に見える。けれど佳人くんの話を聞いていると、気ままで、恋人に対して少し不誠実な男に思えてしまう。まるでふたつの人格を持っているように」

「ふたつの…」

「そう、こんなふうに」

言いながら香西は手作りだという苺《いちご》とショコラのムースを差し出した。

「そんなことは…――」

ありませんと反論しかけ、佳人は黙り込んでしまった。目の前に置かれたグラスの中身は、淡いピンクと濃いショコラブラウン。

甘やかな恋心の下に苦味を含んだ罠《わな》が待ち構えている。

そう思った瞬間、ずっと目を逸らしてきた何かが胸の奥でむくりと身をもたげた。思わず握りしめた拳で胸元を強く抑えつけると、香西の温かな指先がそっと触れて、

「きみを追い詰めるつもりはない。話すことで少しでも心が軽くなればいいと思ったんだ」

椅子の前にひざまずかれ、手を握りしめられながら見つめられるという状況に、佳人は少しだけ頬を染めてうなずいた。

「…はい。わかっています。――あの…薫さん、手を」

「来月の半《なか》ばに旅行する予定なんだけど、気分転換と研修をかねて佳人くんもどう？」

意外な申し出に、佳人は思わず聞き返した。

「どこへ行くんですか」

「三泊四日で屋久島《やくしま》。知ってる？　映画『もののけ姫』の舞台になったところ」

「世界自然遺産に登録されたっていう…」

「そう。原生林と樹齢《じゅれい》七千二百年と言われる縄文杉《じょうもんすぎ》を見に」

旅行は十年以上していない。たとえ数日間でも、場所を変えて違う空気を感じることで何かが変わるかもしれないという期待が生まれた。佳人の頭に鬱蒼《うっそう》と茂る緑と苔生《こけむ》した原生林のイメージが満ちあふれ、ごく自然に「行ってみたい」という言葉を口にしていた。

「じゃあ決まり。彼とのデートと重ならないよう予定を空けておいて」


旅行の約束をした夜から二週間後。日曜の夜。

「一階のリビングはかなり広いから、ここを衝立で区切って南西の一角を施術室にするのはどうだろう？　窓から庭も見えるし」

風邪を引いて仕事を休んだ佳人のために、藤堂はインテリアカタログとカラー見本、他にも輸入家具やファブリック関係の本を山ほど抱えて見舞いに訪れた。

年末に告げた『一緒に暮らそう』という言葉は冗談や思いつきではなかったらしい。藤堂はふたりの新居となる一戸建ての間取り図を指差しながら、熱心に話し続けている。

藤堂はやさしい。ずっとやさしい。そして佳人は彼にやさしくされればされるほど、切なくなる。いつまでこの幸せが続くのか…と。不安はささいなことで頭をもたげる。

ときどき藤堂が苦しそうな表情で自分を見つめるたび、何か言いたそうに唇を動かしかけ、すぐに思い直して微笑みを浮かべるたび、今度こそ別れを切り出されるのだろうかと不安になって。

――……は三カ月で僕に飽きた。抱いてくれたのは一度だけ。藤堂さんはいつまでこんなふうに僕に笑いかけてくれるんだろう。

「プライベートルームは二階にそれぞれ取るとして、施術室はどこに…佳人？」

心配そうな声で名を呼ばれ、はっと我に返る。

「大丈夫か？　風邪がまだ辛い？」

「ううん。昨日ゆっくり休んだから、ほとんど平気。ただ、クライアントに移したりすると大変だからしっかり治すようにって薫さんに言われて、今日も休みにしただけだから」

「だけどまだ少し顔色が悪い。俺、今夜はもう帰ろうか」

風邪のせいだけとは言いがたいほど、やつれてしまった頬に男の指がそっと近づく。わずかに目を伏せてその接触を受け入れようとした瞬間、

「藤堂君、藤堂君」

「は？」

「あれを見てごらん」

それまで少し離れたソファに座り、黙って本を読んでいたはずの圭吾が、人差し指でテレビを見ろとうながした。画面には先ほどから動物ドキュメンタリー番組がBGM代わりに流れている。

思わず佳人も一緒になって見入ると、36型の画面の中で、鮮やかな飾り羽を持つ鳩《はと》くらいの大きさの雄鳥《おんどり》がせっせと巣材を運び、地面に小さなトンネルのような巣を作っていた。

トンネル作りが一段落すると今度はどこから見つけてくるのか、花や木の実、人家からかすめてきたらしいリボンや包装紙の切れ端などで巣のまわりを飾り始めた。材料はすべて青一色で、驚いたことに花や木の実が枯れると取りのぞき、すぐに新しいものを運んでくる。彩りには大層神経を使っているらしく、気に入らない部分を見つけるとそれを嘴《くちばし》に銜えて外したり、また足したり、そんなことを何度もくり返し、小首を傾げてはでき映えを吟味《ぎんみ》している。

巣作りと飾りつけが完成すると雄鳥は、自慢の庭の前でしゃがみ込んだり羽を広げたりする、求愛パフォーマンスを始めた。それに惹かれた雌鳥が傍におり立つと、雄鳥は一層熱心にダンスを続ける。

雌はダンスを一瞥《いちべつ》したあと、雄が丹精《たんせい》込めた自慢の庭をじっくり検分してから、おもむろにトンネル状の巣に入り、通り抜け、そのまま飛び去ってしまった。

『雌に気に入ってもらえなかった庭師鳥の雄は、未来のマイホームに改良を加えます。雌に気に入ってもらえるまでそれは続くのです』

哀れを誘う無情なナレーションが流れる中、早回しのＶＴＲに映し出される雄鳥の姿は健気《けなげ》で、けれどどこか滑稽《こっけい》でもあった。

「君にそっくり」

画面の中で求愛ダンスを続ける雄鳥を指差して、圭吾がにっこり微笑む。

「……」

「兄さん！」

ひと言も言い返せない藤堂の代わりに、佳人が兄をたしなめると、

「健気だとほめているんだ」

圭吾はどこ吹く風と聞き流し、閉じていた本に視線を戻したのだった。

時計の短針が九時を指したのを機に藤堂は帰り支度を始め、佳人は玄関先まで見送りに出た。本当は坂の下の駐車場まで送っていきたかったが、風邪が治りかけなので兄と藤堂の両方に止められた。

「さっきはごめんなさい。兄さんが…」

「平気だよ。あの鳥、けっこうがんばりやだったじゃないか。最後には可愛いパートナーをしっかりつかまえてたし」

圭吾の嫌味を逆に都合良く解釈して、藤堂はほがらかに笑ってみせた。その言葉にひそむ『一緒に暮らして欲しい』というメッセージに気づきながら、佳人は未だに答えを出せないでいる。

愛をささやかれ、ずっと一緒に生きていこうと言われて嬉しい気持ちに偽《いつわ》りはない。けれど胸に巣

喰う正体のわからない不安のせいで、どうしても素直に藤堂の胸に飛び込むことができない。

不安は藤堂と逢《あ》うたび増殖《ぞうしょく》する。

好きという気持ちが藤堂という存在に触れて化学変化を起こし、毒素を持った感情に変化していく。胸の奥のどうにも手の届かない深い場所で、それは黒い靄《もや》のような不安をまき散らし、嫌悪という名の腐食《ふしょく》作用で佳人の心を蝕《むしば》みつつある。最近はそれが辛くて、ふいに彼から逃げ出したくなるときがある。今もそう。

ふたりを包む沈黙の硬さに耐えかねて身動いだ瞬間、居間から顔を出した兄の声が響いた。

「佳人、香西君から電話。旅行の件で」

「——あとでかけ直しますって伝えて」

「旅行?」

急いでさえぎったつもりなのに藤堂の耳には届いてしまったらしい。

「いつ?　どこへ?」

心底驚いた声、信じられないといった表情で見つめられたとたん、罪悪《ざいあく》感に襲われた。

わざと黙っていたわけじゃない。そう言い訳しかけて自分の嘘に気づく。身がすくむような後ろめたさを感じているという事実が、恋人に対して不誠実だったことを証明している。

「……来月。第二週の金曜出発、月曜戻りで屋久島に」

「誰と?」

畳みかけるよう問い質され、佳人はうなだれて思わず唇を噛みしめた。

「薫さんと…」

答えた瞬間、触れ合っていた男の腕が強張り体温がすっと下がるのを感じた。

見上げると、いつもは力強い光をたたえて揺るがない切れ長の瞳が、嵐の海のように波打っている。

傷ついた人間特有の感情の揺らめきが、物理的な圧迫感を伴って佳人の胸に押し寄せる。

「どうして俺に黙っていた」

低い声。それが逆に必死さの現れのようで、佳人はこれまでずっと感じてた不安を口にした。

「……藤堂さんこそ、どうして薫さんの話題になるとそんなに必死になるの？」

「何？」

藤堂は片眉を大きくはね上げかがみ込んで、わざとのように佳人の口元に耳を寄せてきた。

佳人はわずかに後ずさりながらうつむいて、それでもはっきりと訊ねた。

「薫さんが気になるから？」

そのとたん藤堂の目が大きく見開かれ、さらに両腕を広げるしぐさが続く。

「何を言ってるんだ？」

「だって…」

初対面のときからひどく気にしていた。佳人が香西の名前を出すたび、細心の注意を払って話を聞いているふうだった。

「なんだ、もしかして俺が香西さんに気があるとか、そんなことを考えてたのか？　だから旅行のことを黙ってた？」

藤堂は安心したのか大きく息を吐き、肩の力を抜いてふたりの距離を一気に縮めた。

「ちがうよ、佳人。どうしてそんな勘違いができるんだ」

そうして苦笑しながら首を横にふり、

「俺が心配してるのは君のことだ。君の方こそ俺に愛想を尽かして、彼に惹かれてるのかと」

「そんなこと…」

ないという語尾は抱きしめられた藤堂の胸に吸い込まれた。頭上ではやるせなさを含んだ溜息がまたひとつ。溜息は『なぜ？』という疑問符を含んでいた。同じ疑問を佳人もずっと抱えている。

どうして、これほど傍にいて抱き合っても不安が消えないのだろう。

「旅行、俺も一緒に行くから」

「え…!?」

突然の宣言に驚いて見上げると、

「香西さんには俺から連絡を入れる。もしも同行を断られても、勝手についていくから」

静かな、けれど決して退《ひ》かない強さを含んだ言葉と佳人の頬にやさしいキスを残して、藤堂は東京へ帰っていった。どこか寂しそうなその後ろ姿を見送り部屋に戻ると、佳人はベッドに突《つ》っ伏《ぷ》した。

上掛けと枕の間に頭を落とし、傷ついた小動物のように身体を丸めて息を詰め、あふれそうな胸の

黒い塊をなんとか抑えつけようとする。

香西のことは何とも思っていないとはっきり否定してもらえたのに、どうしてこれほど心配なのか。好きなのに、ずっと傍にいたいと思うのに。離れたら不安になる。別れが辛い。

それなのに、逢って身体を重ねると今度は猛烈に逃げ出したくなる。

今も胸と胃の間、その奥。手の届かない場所で、どうしようもない感情が渦巻いている。

苦しさ、怒り、やる瀬なさ、悲しみ、不安と不満。

心の水面に沈めようとしても、何度でも浮かび上がってくる感情。押し殺そうとすればするほど、うねりは高まり、制御ができなくなる。出口を失ったそれは身体中を駆けめぐり、脳裏で弾けて心の平安を乱したあと、ふたたび胸の底でとぐろを巻く。

不安が過ぎれば毒になる。それは身の内を蝕《むしば》む凶器となり、やがて佳人自身を傷つけ始めるだろう。


四月の第二週、金曜日の朝八時。

「おはようございます」

集合場所の羽田《はねだ》空港に颯爽《さっそう》と現れた藤堂の姿をひと目見たとたん、佳人は思わず息を呑んで一歩後ずさり、近づいてくる長身を見上げた。

これまで、休日に会うときでも軽く前髪を遊ばせる程度だった髪型がすっかり変わっている。いつの間にか耳が隠れるほど伸びた髪は明るい栗色《くりいろ》に染められ、シャギーを入れて軽く遊ばせた毛先が、こめかみや首筋を華やかに彩《いろど》っている。

上半身を包むスタンドカラーのジップアッププルオーバーは濃灰《ダークグレイ》。わずかに光沢《こうたく》のあるストレッチ素材が充実した胸板から引きしまったわき腹へと、男のしなやかでバランスよく鍛《きた》えられた身体にフィットしている。その胸元で鈍い光を放っているのはクロムハーツ。昔、佳人が彼に贈ったものだ。

脚の長さを強調する黒のパンツに、足下はローバー製のトレッキングシューズでそつなくまとめているものの、腰に巻いたファイアレッドのウインドブレーカーが藤堂の存在感を一気に際立たせている。さらに、鞄を持つ左手首に嵌められた高度、気圧、温度、コンパス機能つきのごついデジタル時計がほどよく日に焼けた肌の力強さを引き立てていた。

空港のロビーを背景に何気なく腰に手をかけて佇むだけで、まるでファッション雑誌のグラビアページのような、華やかできらめいた空間を作り上げている。明らかに藤堂のまわりだけ空気の密度が違う。傍を通りがかった女性たちが思わず視線を奪われ、歩く速度をゆるめたりふり返ったりしている。

そうした視線に少しも動じることなく、藤堂は佳人の顔をのぞき込むよう首を傾げてみせた。

光の加減で飴色《あめいろ》に見える毛先と、胸元の銀のペンダントがちらりと揺れる。

その姿を、佳人はまともに見返すことができなかった。

なぜ藤堂は、再会してから一度もしたことのなかった派手な姿で現れたのか。

——まるで学生時代に戻ったような……。

脳裏にあの頃の気まぐれな男の面影がよぎった瞬間、佳人は反射的に身を強張らせてうつむきながら、兄の圭吾の背中に半身をそっと隠した。

つむじを藤堂のもの言いたげな視線が撫でていく。わかっていても顔が上げられない。

圭吾はそんな弟の様子を素早く察したらしく、佳人の一歩前へ踏み出すと自分よりも頭半分上にある男らしく整った顔を見上げ、表面上はほがらかに微笑んでみせた。

「おはよう藤堂君。まさか本当にくるとは思わなかったよ」

「俺も、圭吾さんまでご一緒するとは思ってもみませんでした。お忙しいんじゃないんですか？」

「君に心配されるほどじゃない。君こそ、この時期によく休みが取れたね」

「ええ、まあ。有休《ゆうきゅう》もかなりたまってますし、今日と月曜の二日だけなので、わりとすんなり」

兄の当てこすりに、藤堂が額に落ちかけた前髪をさりげなくかき上げながら答えると、

「ふうん。君、もしかしてあまり会社から期待されてないんじゃないのか」

圭吾は普段の温厚な性格からは想像できないほど、わかりやすい嫌味を重ねた。

「いえいえ。オンとオフをきちんと使い分けられるのが、今どきの有能な人材の条件ですから」

ははは と空笑《からわら》いをする藤堂も、年末年始の頃に較べるとずいぶん打たれ強くなっている。

「…兄さん」

会話の間も痛いほど藤堂の視線を感じていた佳人は、たまりかねて兄の袖を引っ張った。同時に、それまで成り行きを興味深げに見守っていた香西が割って入る。

「まあまあ。おふたりの仲がいいことは充分わかりましたので、続きは搭乗《とうじょう》してからどうぞ。なんでしたら席、隣同士にしましょうか？」

一瞬言葉に詰まった圭吾が「結構」と言い放つと同時に、藤堂も勢い良く首を横にふった。

「俺は佳人の隣がいい…」と言いかけた藤堂の希望を、

「佳人君の隣は私です。もともとふたりで行く予定でしたし」

香西はにっこり笑って却下《きゃっか》すると、圭吾の背後にひっそり立っていた佳人の腕に軽く手を添えて歩き出した。

「佳人…！」

後ろから焦った声で名を呼ばれ、後ろめたさで歩みが止まる。ふり返ると藤堂が広い歩幅で近づいてきた。同時に佳人も後ずさる。佳人のおびえに気づいた藤堂は足を止め、撲《ぶ》たれた犬のような傷ついた瞳で恋人を見つめ、ほんの少し両腕を広げて力なく微笑んだ。

「俺が怖い？」

首をふって否定することも肯定《こうてい》することもできないまま、佳人はうつむいて、己の胸で暴れる激しい感情の正体を探ろうと必死になった。

羽田から鹿児島《かごしま》まで飛行機で一時間四十分。そこから鹿児島本港に出て船便というルートもあるのだが、香西は迷わず空路を選んでいた。多少値段は張るものの、フェリー四時間、ジェットフォイルでも二時間半かかるところを飛行機なら四十分足らず。外出できるようになってようやく三カ月、泊まりがけの旅行は実に十年ぶりという佳人の体力的、精神的負担を慮《おもんぱか》っての選択である。

「船旅は、また別の機会に楽しめばいいから」

打ち合わせのときから自分の体調や精神状態を優先してくれることに礼を言うと、香西はそう言って微笑んだ。機内に入ると藤堂へ宣言した通り窓側の席を佳人にゆずり、香西がその隣に座る。フライトアテンダントから受け取った膝掛けと一緒に、小声で質問も渡された。

「どうして突然、彼を避けたの？」

今回の旅行に勝手についてきた藤堂と兄の圭吾は、それぞれ個人で搭乗券を購入したため席が離れている。離陸からシートベルトマークが解除されるまでの間は、会話を聞かれる心配がない。

「髪型とか服装が…」

「うん？」

「大学の頃に、戻ったみたいで辛くて…――」

「そう。藤堂君の学生時代はあんな感じだったんだ」

けっこう派手だったんだね、という香西のつぶやきに佳人は力なくうなずいた。

「高校の頃は長髪禁止っていう校則を真面目に守ってたから、入学してから髪を伸ばし始めて…」

素朴《そぼく》さを失わなかった高校時代を脱し、東京の大学に通うようになってからたちまち垢抜け、派手になり、同時に佳人への興味をなくして冷たくあしらうようになった男の記憶が、まるで昨日のことのようによみがえる。

「それで、学生の頃の彼を思い出すと、どうして辛いの？」

「ふられたときのことを思い出して、すぐにまた飽きられてしまうんだって」

「それはまた、ずいぶん傲慢な恋人だね」

「ちがいます…！　藤堂さんが僕に不満を持ったり嫌になったりしたとしても、それは僕に魅力がないから」

「そう？　君は充分魅力的だよ」

香西の甘いささやきに、佳人はようやく微笑みを浮かべた。彼の言葉は抵抗なくするりと心に入り込む。それがたとえお世辞でもほめられれば素直に嬉しい。それなのにどうして恋人である藤堂の言葉や態度は、ひとつひとつに苦しみが伴うのだろう。

佳人は視線を小さな窓へ逸らし、鮮やかさを増していく空の色に意識を委《ゆだ》ねた。


昼前に屋久島空港に到着した四人は、レンタカーに乗り込んでヤクスギランドを見学したあと島の南に建つリゾートホテルに向かった。

「佳人くんは少し動揺しているようだから、今夜はお兄さんと同室になってもらったよ」

チェックインを済ませて戻ってきた香西に告げられて、藤堂はわずかに眉をひそめた。内心では大いに落胆しているものの、恋敵《こいがたき》かもしれない男の前で弱味はさらしたくはない。

「そうですか」

素っ気ない返事をして自分の部屋に向かおうとした背中を引き止めるように、香西の声がかかる。

「佳人くんは今日の君をひと目見て『学生時代に戻ったみたい』と言っていたけど、――もしかしてわざと？」

思わずふり向くと、どこか挑戦的な眼差しが見上げてくる。香西の身長は佳人とほとんど変わらないが、まとう雰囲気の手強《てごわ》さは較べものにならない。

「…ええ。そうです」

「どうして、彼をわざわざ追い詰めるような真似を？」

「貴方《あなた》に答える義務はないと思いますが」

退路を断つような視線と言葉に抗い、藤堂がごく冷静な態度で反論したとたん、香西の気配が湯に落とした花茶のようにふっとゆるみ、

「たぶん、そうじゃないかと思っていたけど」

つぶやいて頭を軽くふり、それからにこりと笑って宣言した。

「誤解があるようだから一応断っておこう。私は佳人くんを気に入っているけれど、わざわざ恋人たちの仲を裂くような悪趣味《あくしゅみ》な真似はしませんよ」

その物言いのあまりに屈託《くったく》のない様子に、一瞬、これは何かの牽制かと身構えかけた藤堂は、やが

て小さく溜息をつき、虚勢を張ることを諦めて香西の近くに置かれたソファに腰をおろした。

「——追い詰めるとか、そんなつもりはなかった。ただ…」

言いながら合わせた手のひらの親指であごを支え、人差し指で額を押さえるようにして目を伏せる。

香西の問いに素直に答える気になったのは、セラピストとして佳人の信頼を得ている香西なら、自分たちの間に横たわっている問題に何らかの解決策を与えてくれるのではないかと思えたからだ。

「佳人から聞いているかもしれませんが、俺は以前、彼をとても苦しめたことがあって。……うまく言えないけれど、それが彼の中で傷ついたレコード盤のようになってる気がするんです」

ゆっくり顔から離してから強く握りしめた両手に向けて、藤堂は年末の一件からずっと思い悩んできた考えを吐き出した。

「レコード…。それはまたアナログなたとえだね」

「ええ。盤に傷がつくと針が弾かれて、そこから先に進めなくなるでしょう？　何度も何度も同じ場所をグルグル回り続けるだけで、そのうち傷がもっと深くなるか針がダメになる」

「なるほど」

藤堂の説明で香西はだいたいのことを察したらしい。

「俺が心配なのは、佳人がそのことに自分で気づいていないことだったんです」

心の平静を保つため、あえて心の闇を見ないよう気づかないうちに封印《ふういん》してしまうということは、誰の身にも起こり得る。もちろんこの世を去るまで封印したままで構わないものもあることは、藤堂も承知している。

「だけど、佳人の場合は…」

芽吹いたばかりの木の葉がほんの少し虫に食われたせいで、その後ひねてよじれて生長を阻《はば》まれてしまうように、蓋をされたまま見つけてもらえない心の奥の傷痕が、膿んでしまわないか心配なのだ。

実際、藤堂に抱かれるたび佳人は憔悴《しょうすい》していった。口では決して嫌がらない。自分から望むこともある。それなのに抱けば抱くほど、佳人は不安そうな顔をするようになった。

ふたりの絆は強まるどころか、抱き合う前より危うくなっている。

記憶が戻って、封印していた理由もわかって、それでも佳人は藤堂を受け入れてくれた。けれど自分でも気づかない深い場所で藤堂を拒んでいる。…いや、再会してからの『藤堂』ではなく昔の傲慢な『大司』をだろうか。

「君たちは以前一度別れているんだよね？　佳人くんは、そのことをとても気にしているようだよ」

香西の言葉に、藤堂は「やっぱりそうか」と内心でうなだれた。

「佳人、昔は俺のこと名前で呼んでくれてたんです。再会してからは名字でさんづけ。でも、記憶が戻ってからもずっと名字でしか呼んでくれない。本人は無意識みたいだけど」

大人でやさしく、忍耐強い『藤堂さん』。それが、佳人が七年ぶりに恋した男だ。

演技しているつもりはない。自分なりに過去の過ちを認め、再び佳人の前に立つために己の醜さや愚かさと向き合い、改める努力を続けてきた結果だ。けれど自分という人間を構成している根本の性質――ときに独占欲であったり、強い執着心、荒々しい牡の本能として現れることはあるけれど、同時に打たれ強さや強靭《きょうじん》な精神力、向上心でもある。たとえ否定されても、それを消し去ることはできない。

「自分の全部を認めて受け入れて欲しい、ということかな」

「そこまで贅沢《ぜいたく》は言いません。俺は、佳人の中にある歪みを取り除いてやりたいだけ」

「結果として、今の君までそっくり取り除かれてしまったら？」

「――彼に認めてもらえるまで、また待ちますよ。何年でも、陰から見守りながら」

不安な自分に言い聞かせるように握りしめた拳を見つめて宣言すると、香西は微笑み、まだ羽ばたけない雛《ひな》を見守る親鳥のような眼差しを藤堂に向けて、予言者のようにつぶやいた。

「これは私の勘だけど、佳人くんが一番求めているもの、かつて失ったまま今でもその喪失を補えていないもの。それが何なのかわかれば突破口《とっぱこう》になるかもしれないね」

「失われたもの…」

「それが何なのか、私にはわからないけれど。君ならきっと見つけられるんじゃないかな」

セラピストの静かな声音は、ささくれ立っていた藤堂の心を静かに癒してくれた。

二日目の散策コースである白谷雲水峡《しらたにうんすいきょう》は、まるで最高級の翡翠《ひすい》の中に入り込んだようだった。

木々の緑だけではなく、豊かな降雨に支えられた見事な苔の絨毯《じゅうたん》が幹から根に、岩からふり積もった枯葉の上までしっとりと覆い尽くしている。陽が当たると沢の水が黄水晶のように輝きながらこぼれ流れて、コロコロと軽やかな水音が耳に心地よい。

目には見えない何かが確かに息づいている森の息吹《いぶき》の中で、佳人はほっと緊張を解いた。

見上げた空は雲の流れが速く、雨の上がらぬうちから陽が射したかと思うとすぐに翳《かげ》り、雲の切れ間から太陽が再び顔を出す。ざぁっと風が吹いて林雨がふりそそぎ、やがて本物の雨を連れてくる。緩急自在《かんきゅうじざい》の音楽のように移り変わる空模様を受け、地上の緑もとりどりの陰影《いんえい》を描く。

目まぐるしく変わる島の天気のように、佳人の心も揺らめいた。藤堂の姿が目に映るたび身をすくめて息を詰め、視線を逸らしてしまう。そうした自分の態度がどれほど彼を傷つけるかわかっているのに止められない。心と身体の半分ずつが彼を求めながら拒んでる。自分では制御できない心の動きに唇を噛み、見つめた先の苔絨毯に咲《さ》き初《そ》めの可憐《かれん》な屋久島菫《すみれ》が揺れていた。

葉先からこぼれ落ちる雨の雫が、樹冠の切れ間から射し込む陽射しを受けてきらめく。地上のどんな宝石も太刀《たち》打《う》ちできない自然の美しさに癒されて、佳人は少しだけ微笑んだ。

香西が選んだのは、往復十一時間を要し初心者が日帰りするには困難な縄文杉コースではなく、苔の森が美しい往復四時間半のコースだった。

往路は天気もよく、半袖一枚で汗だくになるほどの陽気だったのに、復路は風が出てときおり雨になり、夕暮れが迫るにつれて気温も下がってきた。道は平坦ではなく、苔生した岩や倒木、茂った木の葉ですぐに視界が遮《さえぎ》られる。その上、隣にいても見失うほどの霧が立ち込め始めて、

「ガスが出てきたから気をつけて。横道に逸れないように」

五分おきに兄と香西、それに藤堂から声をかけられるたび、佳人は律儀《りちぎ》にうなずいて周囲と足下を確認する。何度かそんなことをくり返し、道というより岩場を下る場所に出たとき、雨と風の音に混じって後ろから賑《にぎ》やかな声が近づいてきた。

十人近いグループで、どこかの大学のワンダーフォーゲル部らしい彼らは、口々に雨だ森だ美しい素晴らしいと、元気な声をあげつつ佳人たち一行と交じりつつ追い抜いていく。

一メートルほどの段差を岩伝いにおりる場所で、佳人は彼らに道をゆずった。無差別な恐怖感は治まっているとはいえ、複数の大柄な男たちを見るとやはり足がすくみがちになる。できれば彼らとは離れてしまいたい。学生たちがおり切ってしまうと、佳人も慎重に足下を確認しながら岩場をおりた。

「平気か、佳人」

一連の動きを心配そうに見上げていた藤堂が差し出してくれた手を、佳人はあいまいに断った。

「……うん。前を歩いて、ついていくから」

大柄な男の団体も怖いが、それとは別の意味で、今の藤堂にはどうしても素直に近づくことができない。いつもの姿だったらいいのに。ついそんな愚痴がこぼれそうになる。佳人の返事を聞いて藤堂が浮かべた表情を確認する前に、流れてきた霧がふたりの間を白く覆い隠し、背の高い影が向きを変えて、少しずつ遠ざかっていく。いつもより下がって見える肩の線に佳人の胸は痛んだ。

やがて一際濃い霧が流れて藤堂の姿が一瞬かき消える。佳人はあわてて走り出し、背中に追いつてシャツの端をつかもうとした寸前、まるで火に触れたように指先を胸元に引き戻した。

すがりついたとたんふり払われるような気がする。

そんなことはないと懸命に言い聞かせても、拒絶された瞬間の、存在自体がひしゃげてしまうような痛みを知っている身体はすくんでしまう。

胃の下あたりで何かが渦巻いている。泥を煮立てたような苦くて熱い、意識するほどドロドロと騒ぎ出す感情の正体は何なのだろう。

佳人は唇を噛み、三歩先で揺れている長身の薄い影を切なく見つめて再び歩き始めた。

ずっと藤堂だと思い込んで追いかけていた背中が、さっきの男子学生のものだったと気づいたのは、岩場をおりて五分ほどたった頃だった。あまりに無造作に進んでいくので、思わず「待って」と呼びかけた声にふり向いた顔は、藤堂とは似ても似つかない男のもので。

「——…ッ」

大きな声と同時に目の前に突き出された五本の指に息を呑み、とっさに両手で顔面を被いながら後ずさる。見知らぬ男はその距離を倍の早さで縮めてきた。

「どうしました？」

「…い…やだ」

白い霧の奥から陽に焼けた太い腕とのしかかるような大きな身体が現れる。その容赦のない接近に、佳人は自分が今どこにいるのかを見失いかけた。

「大丈夫ですか？　気分が悪いなら」

――気分が悪いならオレたちの部屋で休めばいい。

激しく首をふり、かすれた声で懸命に拒絶しているのに、男の影はどんどん近づいてくる。その背後にも、ざわざわと揺らめく複数の人影が見えた気がして怖気《おぞけ》があがった。

「く、くる…な」

――大丈夫、すぐに気持ち良くしてやるから。

七年前、大司の友人だという複数の男たちにまわりから見えないよう囲まれ、巧みに口をふさがれたときの、頬に食い込んだ爪の先の形までくっきりとよみがえる。下卑た嗤《わら》い、身体中に絡みつく淫靡な熱を帯びた厚ぼったい手指の感触を思い出した瞬間、心臓が破れそうなほど動悸《どうき》がして、恐怖のあまり手足が痺れた。捕まったら、またひどい目に遭う。それしか考えられない。

佳人がよろめきながらあわてて身をひるがえした瞬間、

「ちょ、っと待って！」

驚いた男の心外そうな声が追いかけてきた。その声が予想以上に大きく近くに聞こえて、佳人の理性は吹き飛んだ。呼吸が跳ね上がる。前のめりになりながら逃げ惑い、恐怖に負けてふり向くたび、霧の向こうに複数の追跡者の影が見え隠れする。

「――…おー…ぃ、…――ぃ」

しつこくまとわりついてくる声をふり切るために、佳人は必死になって先刻おりてきた岩を這い登り、小石が転がる細い道をよろめきながら駆け抜けた。横たわる木の根を避けて、ときどき避け切れずにつまずいて転び、手足も顔も落ち葉と泥にまみれながらさまよい歩くうち、気がついたときには伸ばした自分の腕の先も見えないほど濃い霧の中にひとりで立ち尽くしていた。

聞こえるのは自分の荒い息づかいと、海鳴りのような木の葉のざわめき。どうどうと流れ落ちる水の轟《とどろ》きは渓流《けいりゅう》が近いことを示している。

「……藤堂さん？」

思わずつぶやいてあたりを見回す。頭上を覆う樹影《じゅえい》や足下に広がる苔生した岩の形、木々の合間やその向こうに見える風景のどこにも見覚えはない。けれど、もしもここが正しい道だと言われても、納得できるほどの知識もなかった。

「藤堂さん……――！　兄さん！　薫さん！」

何度呼んでも答はない。ふり続く雨とともに増水し始めた沢の音が意外なほど叫び声を奪っていく。はぐれたのだと気づいた瞬間、『遭難』の二文字が脳裏をよぎる。

ぐるりとあたりを見渡せば、数時間前まで眩しい陽射しを受けて輝いていた木の根や岩が、今は雨と霧に包まれて影も見えない。濃淡のある緑を透かした白い闇が、幻のように蠢きながら視界を覆い尽くすばかり。

それほど道を外れてはいない。ほんの十数メートルのはずだ。

あわてるな。焦って闇雲に動き回るのが一番危険だと、コースに入る前に説明を受けた。念のため携帯を出してみたけれど、こちらも事前に注意された通り繋がらない。

耳を澄ませば、自分を呼ぶ声が聞こえるような気がする。その声と記憶をたよりに、佳人はきた道を引き返した。――引き返したつもりだった。ここは観光地で、ほんの数分前まで隣には藤堂や兄、それに香西がいた。前後左右を見回して、進むべき方向をまちがえていないか確認するために立ち止まった佳人の視界の隅に、揺らめく人影が見えた、…気がした。

「藤堂さん…？」

ホッとして足を踏み出したとたん木の根につまずいて思い切り転んだ。足下にふり積もった枯葉は大量の雨水を含んでやわらかく、手や膝がずぶずぶと沈み込んで泥だらけになる。けれどそれ以外のダメージは少なくて済んだ。佳人は急いで立ち上がり、まるで手招くように揺れている長身の影に向かって駆け寄ろうとした。次の瞬間、突然右足が空を踏む。はずみで思い切り傾いた肩が樹の幹にぶつかり、反対側によろめいて倒れ込んだ茂みの先は……やはり何もない空間だった。

血の気が引くような嫌な浮遊《ふゆう》感のあと視界が猛烈な勢いで斜めにぶれて、すぐに天地左右が吹き飛ぶ衝撃に襲われた。自分が崖のような場所を転がり落ちてるのだという自覚はあった。間断なく手足や顔に痛みが走るのは、木の枝や、ところどころに露出している岩のせいだろうか。佳人は無意識に身を丸め、次々に襲いかかる衝撃に耐え続けた。

耳元で轟々《ごうごう》と風が鳴っている。

違う。風ではなく雨音…、水が流れる音だ。音は黒い影になり、影は襲いかかる悪夢になって佳人を追いかけてくる。逃げなければ…、捕まればひどい目に遭う。誰も助けてくれない場所で身体の内側まで暴《あば》かれてしまう。――だから逃げなければ。

夢の中で泥をかき分けるようにあがいた瞬間、佳人は頰に当たる石の硬さと水を含んだ苔の柔らかさに気づいた。薄く目を開けたとたん無数の雨粒が流れ込み、あわてて閉じる。すると今度は雨に洗われた土の匂いに鉄臭さが混じるのを感じて、再びまぶたを上げた。

「……ぅ」

ここは…どこだろう。

両手を上げて目の前にかざすと、白く頼りない十本の指にこびりついていた泥は雨に濡れ、ほとんど流れ落ちていた。そのままゆっくり視線をめぐらせたとたんひどい目眩に襲われた。

目の前の腕の影がぐにゃりと弧を描く。何も見えない、けれど闇とは違う。曇ったガラスを嵌め込まれたような両目をこすろうとして、生温かいぬめりに指先が滑る。右のこめかみのあたりがひどく疼いていた。そこから流れ出す血と一緒に冷静な判断力も失われていくような気がする。

何が起きたのか判断できないまま、腕に力を込めて身を起こしかけた瞬間、左足に鋭い衝撃が走り抜けた。

「…痛ッ――」

磨き上げた金属の反射光をまともに浴びたような痛みが左脚から腰、背中を駆け抜け、最後は後頭部で拡散して痺れを残し意識がぶれる。呼吸が一気に乱れて、背筋を這いのぼる悪寒で震えが止まらない。

――この痛みには覚えがある。

佳人の脳裏に、皓々《こうこう》と輝く秋の月と黒々とした樹影、かさこそと音を立てる枯葉の感触がよみがえった。あの夜も、折れた左脚が痛くて、水に浸かった半身が氷のように冷たくて。

「だ、れか…」

助けを求めかけて、相手の名を見失う。いったい誰を呼べばいい？

――大司に救いを求めるのは無駄だ。彼の名前で呼び出された公園で、知らない男たちに囲まれ薄暗い部屋に連れ込まれたとき、助けを求めたメールは無視された。あのとき嫌というほど思い知らされたのに、僕はまだ未練をひきずりながらマンションまで押しかけて…。

「ばかだ…」

その場で誤解の余地もないほど完璧に拒絶された。その上ふらふらと出歩いた郊外《こうがい》の山で、こんなふうに足を踏み外して動けなくなるなんて。このまま暗闇の中でひと晩中、どんなに彼を…助けを求めて待っていても、それが訪れたりしないことを僕は知ってる。

「……ぅ…」

『佳人、心配したんだ』

本当はそう言って、駆け寄ってきて欲しかった。やさしい笑顔と温かい腕で抱きしめて欲しかった。逞し

それが幻《まぼろし》だとわかっていても、閉じたまぶたの裏に浮かんだ姿に思わず腕を差し出していた。

い身体を抱きしめ返そうとした両腕が空を抱き、十本の指が虚しく自分の腕をつかんだ瞬間、都合のいい妄想《もうそう》にすがろうとした自分のみじめさに思わず嗚咽が漏れた。

——どんなに待っても助けになどきてくれない。僕は彼に、見捨てられてしまったのだから。

深く強く、現実を思い知った瞬間、悲しみと心細さと寂しさが一気に胸に迫り上がり、まぶたの奥が熱くなる。

「ぁ…あ、僕は…——」

二度と再び思い出したくないと封印して、心の奥底に沈めて隠した傷が、七年の歳月を越えて露になる。それは、ずっと自分を苦しめてきた疑いと不安の欠片。

再会した藤堂さんが、大司とは別人だと思い込むことで、僕は気づかないふりをし続けてきた。けれど胸に刻み込まれた記憶の強さは動かしがたく、傷口からあふれる膿は、無意識の底からずっと警告を発していた。

——大司は僕を助けにきたりしない。信じても、期待してもどうせ無駄。

「ああ…、そうか——」

やっとわかった。…僕は、『大司』をまだ許せていなかったんだ。

だから空港で昔に戻ったみたいな藤堂さんを見て不安になった。……嫌だと、思ったんだ。

許していないから、信じられなくなっている。

だからずっと不安だった。どれほど『藤堂さん』が愛をささやいて、誠実な真心《まごころ》を示してくれても、心の底から信じることができなかった。だから溜息や視線を逸らされると、そんなささいなしぐさひとつですぐに不安になったんだ。

どうせまた、そのうち飽きてしまう…と。興味をなくせばあっけなく捨てられると。

——だけど認めたくなかった。

僕は藤堂さんを失いたくなかった。だから懸命に心に蓋をして、藤堂さんと大司を別人だと思い込むことで、彼に対する根深い不信と疑いから目を逸らしていた。

不誠実なのはどっちだったんだろう。

信じていた佳人を裏切った大司か。それとも、藤堂に愛されても信じられなかった佳人だろうか。

——ごめんなさい…。

雨と下半身を浸した水に全身の熱を貪欲に奪われて、最初はひっきりなしに続いていた震えがいつの間にかやんでいた。代わりにひどい頭痛とだるさに冒されて、混濁《こんだく》し始めて意識の底で謝罪をつぶやいたとき、遠くで悲痛な叫び声が響いた気がした。

最初は意味ある言葉ではなく、脳裏で弾ける刺激として佳人の注意を惹いた。明滅する信号のように何度かそれが響いたあと、やがて確かな声となって佳人の耳に飛び込んできた。

「……佳…、人——…ッ！」

「だ、れ…？」

かすれて通りの悪い声だったけれど、近づいてくる人物の耳には届いたらしい。枝と葉が紗幕《しゃまく》のように重なり合って見通しの悪い沢の上流から現れた影が、瞬《またた》く間に近づいてくる。

天空では、思う存分雨を落とした雲が、勢い良く風に流されていた。その切れ間から垣間《かいま》見える洗い立ての空は、まだ昼の名残《なごり》をとどめた明るい青色。けれど濃い影を落とす樹林の間は、すでに互いの顔も見分けられない闇に包まれている。

「…佳人、無事か！」

ずいぶんかすれている。それでも声はまちがいなく藤堂のもの。

けれど巨木の影から現れた姿は、大司だった。いつもの闊達《かったつ》な動きとは違う、どこかバランスの悪い動き。片脚をひきずるように肩を大きく揺らしながら緩慢に近づいてくる姿を見て、突然、佳人の中で時の流れが整合性《せいごうせい》を失う。

今、近づいてくるのはいったいどっちなんだろう。よろめくように近づいてきた男の影が、辛うじて上半身を起こした佳人の傍に力なくひざまずく。

「藤堂、さ…ん…？」

伸ばした腕が触れ合う距離で名を呼ぶと、背中と首筋を抱き寄せられた。

「ああ、佳人…！」

無事で良かったと、絞り出すような声とともに抱きしめられて自信がなくなる。

今目の前にいるのはいったい誰なのか。

震えながらわずかに身を離し男の顔を見上げて、その頬に手を伸ばす。耳のピアスと銀のネックレス。汗と雨に濡れた栗色の髪が、血の気をなくした頬にまとわりつく。明るい色の長めの髪、派手なアクセサリーが映える陽に焼けた肌。佳人の中で過去の記憶と現在が重なり始める。

「――まさか、大司…？」

怖々《こわごわ》と、その名を呼んだとたん息を飲んだ男が動きを止めた。やがてふわりと持ち上がった腕が、深い吐息とともに佳人を抱きしめる。

「やっと、名前を呼んでくれた…」

「…あ」

男の胸に抱き込まれてしまったせいで表情はわからない。けれどその声、背中に回った手指から、彼がどれほど安堵して喜んでいるかが伝わってきた。まるで何かに感謝するように、強く深く抱きしめられる。その腕の力強さと温かさは幻でも妄想でもない。まちがいなく現実のもの。

「……佳…人。無事で良かった…」

「ぁ…、あ…――…大司」

「そうだよ」

自分を気遣ってくれるその声と微笑みを目に焼きつけて、佳人は男の胸にすがりついた。

「待…ってた。僕はずっと待っていたんだ。助けにきて欲しくて、ずっと、ずっと……！」

七年間、ずっと…待ってた――。

「ああ。おれもずっと助けにきたかった。暗闇で震えてる佳人を、こうして抱きしめて安心させてやりたくて…」

吐息まじりの告白とともに、ゆっくり顔が近づいてくる。佳人は少しもひるむことなく、自分からわずかに唇を開いてそれを受け入れた。これまで常に心を支配していた不安と恐怖が溶け崩れて流れていく。

「…ん」

夢中で触れ合い求め合ううちに、冷えた唇がわずかに温もりを取り戻す。胸にしがみついていた両手をそろりと背中に回して抱きしめた瞬間、男の喉奥で小さな苦痛のうめきがあがった。

「どうしたの？」

唇と身体を少しだけ離して佳人が問いかけた瞬間、男の身体からむせ返るほど濃い鉄の匂いが漂った。出所を探ろうとして視線をめぐらせ、わき腹に赤黒い染みを見つけて息を呑む。

「と…堂さ、大司！　血が…ッ！」

名前を呼んですがりついたとたん、大司は顔色の悪さに似合わない晴れやかな笑顔を浮かべた。

「大司、手をどけて！　お願いだから、ちゃんと僕に見せて！」

必死に叫べば叫ぶほど大司はなぜか嬉しそうに微笑んで、大したことはないよと嘯《うそぶ》いた。

佳人はそれを無視して血で強張った男の右手をそっと持ち上げ、わき腹から腿、膝を伝って足首まで赤黒く染めている傷口を確認すると、眉根を強く寄せた。

「…ひどい」

「見た目ほど、ひどくないんだ」

それが自分を安心させるための嘘だということくらい、出血の量と、生気を失いつつある顔色から察しがつく。嘘をつくなと詰《なじ》る代わりに涙がこぼれた。

「とにかくここを離れよう。山の向こうではまだ雨がふってる。水際《みずぎわ》は危ないから」

佳人の心配を吹き飛ばすような逞しい両腕が佳人の背中と膝裏に回り、小さなかけ声とともに半身を浸していた浅瀬からようやく引き上げられた。それから、重なり合った岩が椅子のようになっている場所にいったんおろされる。

頬を叩く雨粒が激しさを増していく。男の肩越しに頭上を見上げると、薄暗い視界に自分が転がり落ちてきた崖が見えた。こんもり茂った下生《したば》えの間に点在する岩、ところどころに根を露出して斜めに生えた杉の木々。そうしたものが、渦巻く霧の向こうにぼんやりと浮かび上がっている。佳人が足を踏み外したあたりに、大司の姿と勘違いした古い杉の幹が立っていた。立ち枯れて折れた枝が、ちょうど手招きしているように見えたらしい。

日没が近いせいか、周囲は少しずつ明度と彩度を失いつつある。見上げた空は再び目の前に迫るほど厚い雲に覆われて、すでに北も南もわからない。今は四月でしかも南国。凍《こご》え死ぬことはないはず。それでも夜になれば気温は十度近くまで下がってしまう。ずぶ濡れのまま過ごすのは危険だ。

大司が身動くたび強くなる血の匂いが、さらに不安をかき立てる。

「無理しないで」

涙まじりに訴えても大司は気にすることなく、佳人に背を向けてひざまずき、

「大丈夫だ。さ、つかまって。あの木の根を越えれば、向こうに正規のルートが見えるはずだから。そこで圭吾さんたちを待とう」

そう言って指し示したのは、距離にすれば数十メートル。ただし道らしい道はなく、苔生した岩と巨木の根がうねうねと続いている。骨が折れてるらしい佳人の足では確かに進めそうもない。

「僕は、ここで待ってるから」

大司だけ先に行って助けを呼んできて、と言いかけた言葉はあえなく却下された。

「ダメだ。俺はもう二度と、佳人を置き去りにしないって決めたんだ」

強く静かな決意を秘めた口調にうながされ、佳人はおずおずと男の背中に腕を伸ばしてしがみついた。立ち上がり、ゆっくり歩き始めた大司の首筋に顔を埋めると涙がこぼれた。互いにずぶ濡れの服を通して、助けにきてくれた男の強さとやさしさが伝わってくる。胸に沁み入るその想いを受け止めた瞬間、佳人の中で長い間乖離《かいり》していたふたりの男が、ようやく重なった気がする。

「大司、藤堂さん…。ごめん…ね」

過去のこと、再会してからのこと。あらゆる思いを込めて謝ると、男は「気にするな」と言うように、佳人の身体をそっと揺すり上げた。

そのままふたりは黙り込み、ようやく観光ルートが見える場所までたどり着いたところで、男の上体がぐらりと傾いた。そのままよろけるように大司は苔に覆われた土の上にひざまずき、佳人を地面

にそっとおろすと、自分もゆっくりその横に崩れ落ちた。

「…——大司…ッ!?」

呼ぶ声に答えて、血の気をなくした唇がわずかに動く。普段は力強く弧《こ》を描いている形のいい眉が、今は苦痛で歪んでいる。土気色《つちけ》の頬、かさついた唇。わき腹を押さえている右腕が、岩の影にわだかまる闇より濃いもので真黒く染まっている。

生体の危険を告げる赤黒い体液が再び濃く匂い立ち、佳人の鼻腔を刺激した。

「いや……と…堂さ…ん、大司…!　大司!!」

しっかりしてと泣いてすがった男の腕がわずかに動いて、なぐさめのように頬に触れる。

「泣くな、佳人。俺は大丈夫だから…。東京に戻ったら、ずっと…」

「ぁ、あ…」

……一緒に、暮らしてくれるだろう?

ささやきに佳人が答えるより早く、いつでも強いきらめきを放ち佳人を見守ってくれていた黒い瞳が、まぶたに隠れて消えていく。

そうして、藤堂大司はそれきり動かなくなってしまった。

「…大司…——!!」

死なないでとすがりつき、どんなに呼んでも応えてくれない。どんどん冷たくなっていく身体を抱きしめながら、必死に男の名を呼び続ける佳人の声は、夕闇迫る森の中に木霊し続けた。

✤

六月下旬。

大陸から張り出した高気圧に圧《お》されて梅雨《ばいう》前線が遠く南の海上に追いやられたおかげで、梅雨《つゆ》とは思えない晴天が続いていた。

南に面した小さな庭の丹念《たんねん》に整えられた芝生に横たわると、緑と土の香りがふわりと全身を包み込む。シャツ越しの背中に当たる葉の感触が小気味よい。

芝生のまわりでは白を基調に、淡青色や薄桃色の花々が夏の微風《そよかぜ》に揺れている。四枚に分かれた小さな花弁がいくつも集まった愛らしい姿のブバルジア、マーガレットのような花形で表は輝白色、裏は青紫の花びらを持つディモルフォセカ。端正な立ち姿のブルースターは、触れるとベルベットのような感触の葉と花びらを持つ。どの花も、守り育てている人間の人柄を表すように可憐《かれん》でやさしく、その中に凛《りん》とした潔《いさぎよ》さがあった。

閉じたまぶたの裏でちらちらと舞い踊る木漏れ日が、水の中をたゆたうような浮遊感へと誘《いざな》う。

コスモスの若葉が風に揺れ、淡く健気な葉陰が足下で踊る。トレリスに這わせた咲き初めの蔓薔薇《つるばら》が甘く香り、病《や》みあがりの身体に慰めと慰撫《いぶ》を与えてくれる。陽射しはかなり傾いて午後の空気を蜜色に染め始め、夕暮れを報《しら》せる涼風が地面にほど近い場所を吹き抜けていった。

少し火照《ほて》った鼻の頭に一枚の花びらが舞い落ちる。

藤堂大司は寝軽んだまま薄く目を開け、指先で薄紅色の花弁をつまみ上げるとわずかに首を傾げた。何の花だろう。佳人なら知っているかもしれない。あとで聞いてみよう。

ほんの少しひんやりとした可憐な感触を指先で楽しんでから、遊びのつもりで花弁を唇に置いてみる。まるで恋人のやさしいキスを受けているようだ。そのまま、とろりと重くなったまぶたの誘惑に抗う気もなく眠りに落ちた。

夢の中で風が吹き、唇から花びらが舞い落ちる。寂しくなって伸ばした指先がやわらかな何かに包まれ、同時に新しい花びらがしっとりと唇に重なった。

温かく、甘さと清涼さを含んだいい匂いがする。心地よさにうっとり微笑みながらまぶたを開けると、夢の花弁ははにかんだ笑顔の恋人に変わっていた。

「佳人…」

名を呼びながら、桜の花びらを何枚か重ね合わせた色の唇を指先でたどると、恋人は進んで口元をほころばせ、藤堂の指先を舌で迎えた。以前のように触れ合いを厭う様子は微塵《みじん》もない。

それでも羞恥心は健在らしく、陽射しの下で男の指を口に含んでいる自分に気づいたとたん耳を真っ赤に染めてうつむいてしまった。風に乗って、どこからかひぐらしの声が聞こえてきた。夏の夕暮れの風はどこか甘く、夜の到来を心待ちにさせる。

「さっき、花びらにキスされる夢を見た」

唇を離してささやくと、佳人は照れ臭そうに微笑んだ。

「大司はいい男だから、花にも好かれるんだね」

「好かれるのは佳人ひとりだけでいい」

立ち上がろうとする恋人の腕をつかんで引き戻すと、両手に抱えたタオルケットを差し出された。

「風が少し出てきた。傷に障るといけないから」

言いながらふわりと広げられた薄藍《あい》色の布地を、藤堂は素直に受け取った。

南の島で負った藤堂の傷は本人が自覚していたよりもひどかった。佳人を探し回っている最中、足を踏み外して古い切り株の上に倒れ込み、朽木《くちき》の破片がわき腹にめり込んだ。五センチにも満たない小さなそれを藤堂はその場で引き抜いて、再び佳人を探し始めたものの、体内に小さな破片が残留していることに気づかないまま動き回ったせいで内臓が傷つき、結局最後は本人が自覚する以上の出血を引き起こしてしまった。救助があと三十分遅ければ深刻な事態に陥っていたらしい。

病院で目覚めたのは事故から一週間後。その間、佳人がどれだけ自分を心配していたか、車椅子で面会に訪れた恋人の、痩せて艶をなくした顔をひと目見ただけで充分だった。

左脚の骨折だけだった佳人は半月で退院したけれど、内臓が傷ついた藤堂の入院は一カ月以上に長びいた。退院後、半月の自宅療養を指示された藤堂は、最後の数日を請われるまま佳人の家で過ごすことに決めて、今に至る。

地面から腕が離れた拍子に、カサリと音を立てて大きな白い紙がはためいた。

「それは…?」

「うん。図面ができてきたんだ」

デザイナーに頼んでおいた新築家屋の設計案を見やすいよう広げてみせると、佳人はわずかにためらったあと、ほっそりとした手で受け取った。それから藤堂の隣に腰をおろすと紙面を確認し始めた。

夕方の陽射しを受けて、いつもより長い影を目元に落としているまつげがゆっくり上下する。

新しい家を建てるから、そこでいつまでも一緒に暮らそう。プロポーズのつもりで申し込んだ言葉の返事はまだもらっていない。

祈るような気持ちで臆病な恋人の反応を待っていた藤堂の耳に、佳人の声が滑り込む。

「これが、僕たちの家?」

僕たちの。それが答えだった。藤堂は佳人の瞳を見つめて静かにうなずいた。

「そう。俺たちがずっと一緒に暮らしていく家だよ」

「ずっと?」

小首を傾げて確認してきた愛しい存在を抱きしめて、藤堂はもう一度「そうだよ」とささやいた。

金粉をまぶしたようにきらめく緑の芝生《しばふ》にふたつの影が長く伸びる。

それは東のフェンスに当たって一度折れ曲がり、それから天辺《てんぺん》近くまで垂直に伸びてひとつに重なると、やがてあたりに満ち始めた青い闇に溶けていった。

あとがき

こんにちは、六青みつみです。

リンクスロマンスから2冊目の新書を出していただけることになりました。これも雑誌掲載時に応援してくださった読者の皆さまのおかげであります。ありがとうございます！

さて、1冊目のあとがきは余裕がなくて制作秘話や自己紹介はすっ飛ばしてしまいましたが、今回は2ページにバージョンアップ（笑）しましたので、ちょこっといってみます。

今回の『至福の庭』ですが、お話の核となるものが生まれたのは数年前に遡《さかのぼ》ります。そのときは脳内プロットをネリネリして、主人公ふたりと兄の簡単なプロフィールをメモしただけで、あとは頭の片隅の【次に書く棚】に陳列して本番を待ってる状態でした。この【次に書く棚】の順番は今まで概《おおむ》ね守られていましたが、『至福の庭』に関しては「次に書く」が、「次の次」、「次の次の次」（笑）と、なぜか後ろへ後ろへずれてしまっていたのです。そこへ運良く雑誌に載せていただく機会にめぐまれて、自分の予想よりずいぶん早く日の目を見ることができたのでした。

担当さんとの打ち合わせで印象に残っている会話といえば……。担「ここの、お兄さんの気持ちがちょっとわかりづらいんです」。私「あ、お兄ちゃんはですね兄バカなんです。

普段は温厚なんですけど弟のことになると人が変わるんです。だからここでこんな台詞を言うのも藤堂にあんな態度取るのも、みんなみんな弟が可愛いからで！」。担「ははぁ」。私「もう本当に兄バカで、とにかく兄バカなんです！（↑必死）」。担「わかりました。ではそのあたりを盛り込んでもう一度プロット提出してください（冷静）」。私「（ハッと我に返って）……はい」。打ち合わせ中、いったい私は何度「兄バカ」と連呼したことか（笑）。

本作はそんな兄バカお兄ちゃんとその弟、そして兄に婿（？）いびりされながらも懸命に愛を貫く男のお話です（↑嘘じゃありませんが、本当のあらすじは裏表紙でご確認ください）。ということで、楽しんで読んでいただけたら幸いです。

雑誌掲載時も含めて、挿絵の樋口ゆうり先生には繊細な佳人とカッコイイ藤堂を描いていただきました。雑誌掲載作の表紙ラフを初めて見せていただいたとき、とてもイメージ通りだったので驚いた記憶があります。本当にありがとうございました。

担当様と編集部の皆さま、それから本が店頭に並ぶまでの行程に携わる全ての方々にも深く感謝いたします。今回は前回にも増してアレな感じで申し訳ありません…。

最後に。この本を手にとって読んでくださった皆さま、本当にありがとうございました。現実世界をちょっと離れて物語に浸ることで、少しでも楽しい時間を過ごしていただけたら嬉しく思います。それでは、次作でまたお目にかかれることを楽しみにしています。

二〇〇四年・夏　六青みつみ

初出
至福の庭――2003年 小説リンクス12月号 掲載
ツートン・ハート――書き下ろし

この本を読んでのご意見・ご感想をお寄せ下さい。

〒151-0051
東京都渋谷区千駄ヶ谷4-9-7
(株)幻冬舎コミックス　小説リンクス編集部
「六青《ろくせい》みつみ先生」係／「樋口《ひぐち》ゆうり先生」係

リンクス ロマンス

至福の庭～ラヴ・アゲイン～

2004年8月31日　第1刷発行

著者……………六青《ろくせい》みつみ
発行人…………伊藤嘉彦
発行元…………株式会社　幻冬舎コミックス
〒151-0051　東京都渋谷区千駄ヶ谷4-9-7
TEL 03-5411-6431（編集）
発売元…………株式会社　幻冬舎
〒151-0051　東京都渋谷区千駄ヶ谷4-9-7
TEL 03-5411-6222（営業）
振替00120-8-767643
印刷・製本所…図書印刷株式会社
検印廃止

万一、落丁乱丁のある場合は送料当社負担でお取替致します。幻冬舎宛にお送り下さい。本書の一部あるいは全部を無断で複写複製することは、法律で認められた場合を除き、著作権の侵害となります。定価はカバーに表示してあります。

© MITSUMI ROKUSEI, GENTOSHA COMICS 2004
ISBN4-344-80448-1　C0293
Printed in Japan

幻冬舎コミックスホームページ　http://www.gentosha-comics.net

本作品はフィクションです。実在の人物・団体・事件などには関係ありません。